大活字本シリーズ

ジーノの家《下》

イタリア10景

内田洋子

埼玉福祉会

ジーノの家　下

イタリア10景

装幀　関根利雄

目次

ジーノの家

イタリア10景

サボテンに恋して

目の前に座っている青年は、サルヴァという。今日会うのが初めてだったがいきなりうちに来てもらったため、互いに何となく気詰まりである。

居間に案内して椅子を勧めると、こちらがお茶を出すのも待たずに、サルヴァは大きな鞄からあれこれ取り出して、テーブルの上に並べ始めた。見ると、それは缶詰や瓶詰、袋詰めの食品だった。

まず挨拶ぐらい済ませてからでもよさそうなものなのに、照れ隠しなのだろうか。次々と食品を取り出す手は休めず、ぼそぼそと自己紹介を始める。声が小さいうえに訛《なまり》が強く、ところどころ何を言っているのかよくわからない。聞き返すのも気が引けて、私は黙って座ったまま、目の前で懸命に作業しているサルヴァを見ている。

瓶をきちんと並べるのに気を取られたのか、えーっと、あのう、とそのうち言葉に詰まり始め、やがて口上のほうは留守になった。

よほど緊張しているのか、額にはうっすらと汗が浮かんでいる。卓上にまっすぐ二列に並べられた瓶は、互いに触れ合ってカタカタと音をたてている、サルヴァの手が震えているからである。

「真面目な奴でね。郷土の特産物を商品にするのが夢なんだってさ。将来は日本にも売りたい、って。ちょっと相談に乗ってやってくれないか」

過日、大学時代の友人から電話があった。ファッション業界で働くこの友人は、ミラノ在といっても国内外を飛び回ってばかりいて、自宅でゆっくりする暇もない。しかしいざ時間ができると、やれ話題のレストランだの人気クラブだの、と遊び回るのにも忙しい。気楽な熟年の独身男なのである。もう何年も会わないままだが、それでもたまに思い出したように電話をしてきては、各地で見聞きしたことを話してくれる。シチリア島のシラクサから戻った夜に電話をかけてきて、現地で知り合ったというこのサルヴァの話が出たのだった。

「生まれてこのかた一度も、シチリア島から出たことがないらしい。外国人はもちろん、半島側のイタリア人の友達すらろくにいない。まあ天然記念物でも見るつもりで、会ってやってよ」

サルヴァは、いったん鞄から出したものを並べ終えてから自己紹介に移ったほうがよさそうだ、と思い直したのだろう。今はキッと口をつぐんだまま、食品を並べる作業に全神経を集中している。

二十五歳、と聞いている。かなりの長身で、スポーツでもするのか、肉厚で頑丈な体軀である。グレイストライプのフランネルのスーツで決めてきた。しかもダブルである。生地はやはり英国製なのだろうか。薄いピンクのシャツに幅広の大きな柄入りのネクタイを合わせている。

ポケットチーフも見える。照り光る靴には、履き皺の一本もない。黒々とたっぷりの髪は今にもヘアローションが滴り落ちんばかりで、定規で引いたような筋をつけて梳《と》かし分けている。腕時計はやや古めかしいデザインながら、金時計で黒いワニ皮のベルトが付いている。

全身、新品の一張羅で、その趣味は保守的で無難であり、式を控えた花婿を見るようだ。しかし洒落た感じはなく、どことなくもたついた印象を否めない。ひとことで言えばそれは、いきなり瓶を並べ始めてしまう不器用さと同様、田舎臭さそのものなのだった。

「サルヴァトーレです。日本でビジネスを始めるご相談に来ました。いっしょに手を組みましょう」

やっと狂いなく二列に整列した瓶や缶詰を前に、シチリアから出てきた青年は姿勢を正してから開口一番そう言い放ち、私の返事を待たずに爽やかに手を差し出した。さっと伸ばしたその手元から、カフスボタンのついたピンクのシャツの袖口が見える。

どうも。

私も立ち上がって、しかし手は差し出さず頭だけ下げて、また座る。

サルヴォは自分の手だけが宙に浮いたのをおずおずと引っ込めてから、ようやく座った。

「ご友人のパトリツィオとは、シラクサのクラブで知り合いました。あれこれ話すうちに、『一度ミラノに行ったほうが、話は早い』と勧められて。そのとき周りで話を聞いていた地元の客たちも、『交通費をカンパしてやるから、俺たちを代表して行って来い』って」

聞くと、サルヴォはそのクラブで働いているのだった。バーテンやディスクジョッキーではなく、踊り子として。長身で体躯がいいばかりではなく、サルヴォは見とれるような美男子である。

高校を卒業した頃、シラクサ市内を歩いていて、サルヴォはクラブのオーナーから声をかけられた。それから今にいたるまで五年間、毎週欠かさず金曜と土曜の夜、そのクラブへ勤めに出ている。仕事は、店に出ること。そして、ときどき舞台に上がって踊ること。それだけである。

ギリシャ彫刻のようなサルヴォをひと目見ようと、ずいぶん遠くからも客はやって来る。どうやら私の友人も、サルヴォ目当ての常連客の一人らしかった。

シラクサは古くから港町として栄えて、その町の様子はイタリアでもなければアラブでもなく、現代かというと古《いにしえ》から時間が止まったたまのようでもある。正体不明の神秘的な町である。朽ちた石壁に囲まれた裏道で突然、このサルヴォと出会ったら、誰でも自分がどこにいるのか、一瞬うろたえることだろう。町にもサルヴォにも、人を幻惑に誘い込む、何とも妖しげな魅力があるのだった。

「僕はシラクサではなく、カルレンティーニという町の出身です。小さいけれど、地図にも出ている。柑橘類がよく育つので、昔から有名なところですから」

ここです、と今度はシチリア島の地図を鞄から出して、拡げて村の場所がある内陸の一点を指差してみせた。

シチリア島の南東にカルレンティーニ、その対極にパレルモがある。

その二つの町を結ぶ内陸路の線上に、コルレオーネという字が見えた。

あのコルレオーネなのだろうか？　マフィアの巣窟の、あの村。

サルヴォは、笑うような笑わないような、どちらでもないような顔をし、そうですよ、と小さい声で返事をして、他には何も言わない。


彼が生まれ育った一帯は、黄金の三角地帯と呼ばれる、地中海きっての柑橘系の名産地である。飛行機でシチリアへ降り立つとき、この一帯にとりわけ黒々とするほどの緑が繁っているのがわかる。それはすべて植樹された柑橘系の木々で、果樹園という規模を超えて、森林のおもむきすらある。

　降雨量の少ないシチリアで今日、これほどの勢いで植物が育つのは、その昔アラブ人に侵略された恩恵である。統治下の島内で、これぞという土質に恵まれたところを選んで、アラブ人は先端の技術で灌漑設備を整えた。降らない雨や不明な水脈をあてにしていては、いくら土壌がよくても収穫はない。ならば計画的に水を溜めて分水し、農作しようではないか。シチリア島には、エトナ火山がある。噴火し続けるその裾野には、長らくの灰土が積み重なる豊潤な地が広がっている。

「三月になると窓を閉めていても、春が来たのがわかります。柑橘《ザガ》系《ラ》の花が一斉に咲くから」

　濃い睫毛の奥の緑の目を細めて、サルヴォは見えないオレンジやレモンの花の香りを楽しむように言う。

あの延々と続く黒々とした強い緑が、小さな白い花に次第に覆われて、やがてうっすらと靄《もや》がかかったように柔らかい緑へと変わる。そしてシチリア島には、ザガラの甘く清らかな香りが潮風に乗って一斉に吹き抜けるのである。

「オレンジの花が咲くと、体中の細胞が入れ替わるような気持ちになります。ああシチリアに生まれてよかった、と思う瞬間です」

サルヴァは、端正な顔に絵に描いたような笑みを浮かべている。

ずらりと並んだ一番左端の小瓶には、琥珀色のハチミツが入っている。まずはこれから、とサルヴァは持参した木の小さじで蜜を掬い、こちらへ手渡してくれる。

うっとりした気分で、蜜を舐めてみる。

そのとたん、昔、空から見たあのレモンやオレンジ、ライムの花を片端から摘んで、まとめて口に放り込んだような味が広がった。シチリアの隠れた、清楚でしかし濃厚な蜜の味。じっとこちらの反応を窺うサルヴォの深い目。太い眉。長い睫毛。

思わずむせ返りそうになり慌てて、なんとか場を取り繕うように適当な感想を口にして、次の瓶に手をかける。

次の瓶は、黄色とも緑とも、なんとも絶妙な色味のライムのジャム。そして、一口目は苦いのに、二口目にはもう手が止まらないビターオレンジジャム。ジャムばかりだと甘すぎるでしょう、と言ってサルヴォは中休みにと、煎ったアーモンドを二粒ほどくれる。天日干しにしたのだろうか。潮と日なたの匂いがする。前歯でかじってみると、相当に硬い。噛み砕くと瞬時に、木の実特有の香ばしさが鼻へ抜ける。樹液が凝縮して実になった、というような味である。

何かの動物の生き血でも地にした、特殊な飲み物なのだろうか。サルヴォが、ラベルのない瓶からグラスに注いだ液体を見て、ややたじろぐ。グラスの向こう側が見えないほどの赤黒いその液体は、おそるおそる飲んでみるとワインなのだった。グラスの中で自然に沸騰してそのまま蒸発してしまうのではないか、とも思うほどの火照《ほて》った味である。いかがでしょう、と再び生きたギリシャ彫刻に真剣な眼差しで覗き込まれてどぎまぎし、こちらの頬も赤く火照る。

続々と、やれマグロのオイル漬けだ、ケッパーにオリーブオイル、ドライトマトもありますよ、アンチョビは、と勧められて、味見する食材もようやく最後のひと瓶を残すだけとなった。

ところがそこまで来てサルヴァは、なかなかその瓶の蓋を開けようとしない。

ザクロ色の透明なものが入っている。子供が絵筆を洗ったかのような、美しい色のそれは、いったい何なのだろう。

「僕、つい興奮してしまって。初めてお目にかかるというのに、次から次へと調子に乗って勝手にすみませんでした」

サルヴァは立ち上がって、改まった調子で詫びた。また緊張が戻ったのか、シチリア訛が強く出る。その気の抜けたような言葉の抑揚と精悍で眩しいほどの男っぷりとの差があり過ぎて、前にいる私は落ち着かない。

最後の瓶をそうっと持ち上げてから、サルヴァは真剣な顔つきでこちらを見る。

「今日こうして伺ったのは、アンチョビでもワインでもケッパーでもなく、この瓶の中身を味わっていただくためでした」

どうぞ、と差し出された小さじの上には、赤紫色をしたゼリーのようなものが載っている。さじの上で小さくプルプルと揺れているのは、再びサルヴァの手が震えているからだった。

口に入れると、スイカとアロエとパッションフルーツを同時に食べるような味わいだった。どことなく青臭く頼りなげで、しかし瑞々《みずみず》しくもある。植物の茎をストロー代わりにして、冷たい井戸水でも飲むような印象だった。未経験の味で、原材料など、皆目見当もつかない。おいしいのかそうでないのかすら、よくわからない風味で、明日には忘れてしまうような、はかない味でもあった。

さて。どう感想を言っていいかわからず、口ごもる。

何も言わない私を見て、やっぱりそうか、とサルヴォは無念そうな顔をした。

「これ、サボテンの実なのです」

秋になると、青果店には表面が針に覆われた変わった果実が並ぶ。ごく短期間だけ、登場する。食卓に不可欠、という類いの食材ではなく、飛ぶように売れる果物でもない。いわば季節のお印のようなものなのだろう。それは、別名インドイチジクと呼ばれる、サボテンの実である。初めて見たときは、いったいこれは、とまずその形状に驚いたが、正体を知って二度驚いた。

大きさはちょうどキウイほどで、実の表皮は艶やかで黄色にオレンジ、ピンクに赤紫とさまざまである。ちょうど紫陽花《あじさい》に多様な色があるように、このインドイチジクにも種類と熟度によって、いろいろな色がある。美しい表皮にはところが、びっしりと棘というか針が直角に生えている。栗のイガよりたちが悪くて、珍しさに気を取られて思わず手を伸ばそうものなら、チクリ。太めの棘の側には産毛のような棘もあって、その産毛は抜けて風に舞い洋服に刺さったりする。するともう、チクチクと、裸になるまで責め苦に遭うことになる。

あのインドイチジクなのか。皮をむくのはひと苦労だし、てっきり目だけで楽しむ食べ物かと思っていたら、手間暇かけてわざわざジャムにした人がいるとは。

「イタリアに出回るインドイチジクのほぼすべては、僕の村で栽培されています。栽培するというより、勝手に生えている。どんどん育つ。そんなにたくさんあっても、始末に困る。売るより捨てるほうが多かったりする。しかし柑橘類はというと、商売の利権を〈あの人たち〉が牛耳《ぎゅうじ》っているので、オレンジ関連での新規事業は、いまさら始めようがないのです」

黄金地帯とはいうものの、柑橘類の栽培をとったら他には何もない。

家から階下に下りると、数本の道が縦横に交差するだけ。ザガラを運ぶ風が吹き終わると、あとは車も通らない道と町が残るだけである。住民は皆、顔見知りで、仲がいいような悪いような、気詰まりのする小さな町である。明けても暮れても、オレンジにレモン、ライムにときどきはグレープフルーツの農園が延々と続く。農園の向こうには、毎日晴天の空とアフリカへ続く海、そしてエトナ火山があるだけである。今日生きるには困らないけれど、でも明日、違う夢を見ようにも、とっかかりは何もない。

サルヴァはそれでもずっと、カルレンティーニから離れることなど考えたこともなかった。ところがシラクサという都会へ出るようになって以来、外の人との接点ができて、次第に、〈あの人たち〉の支配下で文句も言わず挑戦もせずにこのまま一生を終わっていいのか、と疑問を感じるようになった。

オレンジはあいつらのもので、僕らは手が出せない。何か他に無垢の農産物はないか。見回したところ、インドイチジクがあったのを思い出す。風が吹く日は、インドイチジクの生えている風上にいないと、ジーンズの上からでも容赦なく産毛が刺さる。難儀なインドイチジクを本気で扱おうという人は、これまでなかった。うまく利用して、カルレンティーニの新しい名物にできないものか。それは僕たち若い住民が、違う未来を切り開くきっかけになるかもしれない。

「地元で工務店の仕事を手伝う兄ルーチォに相談したら、ぜひやってみよう、と話に乗ってくれたのです」

さっそく兄といっしょにサルヴォは、サボテンの実について勉強し始めた。徹底的に調べた。地元に残った同級生や恩師の伝手《つて》を辿って、農学部の授業まで受講した。英語ができない兄弟は、サルヴォがクラブで知り合ったミラノやトリノ、ローマで働く国際的な客たちに頼んで、海外から取り寄せた資料を読み下してもらったりもした。もちろん、すべてサボテンについてである。

「メキシコではサボテンの葉をステーキのように焼いて食べる、など、いろいろな情報が集まりましたが、実についてはあまりわからない。親切な農学部の教授が医学部の教授と連絡を取ってくれて、サボテンの実には体内の毒素を取り除く効能があるらしい、と検査結果を教えてくれたのです」

サルヴォは満足そうににこりとしてから再び、真剣な顔に戻る。

「アロエの葉やスイカのように利尿効果が抜群で、体内に溜まった汚れが取れる。これはいけるぞ、と兄と飛び上がりました」

兄は、大学で機械工学を勉強した。しかし、村ではその知識を生かせる職業などない。卒業後は長らく失意に悶々としていたが、このサボテンの実を前にして、創意工夫の意欲が湧いたらしい。昼間は道路工事の仕事をしつつ、夕食のあとの時間は夜なべしてサボテンへ捧げる、という毎日を数ヶ月続けた。試行錯誤の末ついに完成させた発明品は、サボテンの実の皮をむく機械だった。

兄が発案したその機械を使うと、指に棘を刺すことなく瞬く間に皮がむけ、さらに実を潰して果汁を絞り出す、という一連の作業ができるのだった。

夏が終わってサボテンに実がつき始めると、兄弟二人を手伝って両親に親戚、友人たちが総出で実を摘んだ。養蜂業者のように、あるいは宇宙飛行士のごとく、全身を帽子や眼鏡、襟巻きに手袋で覆って作業をしても、家に戻るとチクチクと始まって、もう身の置き所がない。兄弟の母は梱包用のテープを手に裏返しに巻き、あちこちに飛んだ棘や産毛を家じゅう這い回って掃除した。

サボテン畑と聞いても私は見たことないので、どのくらい大変なのか、実のところ想像もできない。南部イタリアに行くと、道ばたにところどころ野生のサボテンが大きく伸びて、その丸く平たい葉の周りにいくつものタンコブのように実がついているのを見たことはある。

あれが何百本も群生しているのだろうか。

「もしよかったら、僕とシチリアへいらっしゃいませんか」

私の心のうちを見透かしたかのように、サルヴォは提案した。九月末の今、ミラノではすでに肌寒い日もあるのに、シチリアはまだ真夏だという。現場の訪問もしないままに、産地商品の紹介もないだろう。さっそく翌日サルヴォとミラノの空港で落ち合う約束をして、試食はそれでおしまい。サルヴォが帰ったあと、私は旅に出る支度にかかった。鞄には、水中メガネと水着も忘れずに入れる。


サルヴォの親戚は、柑橘類の栽培を生業としているという。今日は、そこへ招待されている。「さあ着きました」と言われるが、玄関の門を入ってからもうっそうと繁るオレンジの木々の間を、サルヴァと兄ルーチォに先導されて延々と歩く。かれこれ十五分は歩いただろうか。行けども行けども前方に見えるのは変わらずオレンジの木ばかりで、ときどき顔をあげると、まだ夏の雲が浮かぶ群青色をした空の切れ端が濃い緑の合間に見えるだけである。疲れて汗だくのまま立ち止まると、やっとそこが家の入り口だった。

扉を開けて屋内へ入ったとたん、無数の目がいっせいにこちらを向いたように感じた。

眩しい外界からいきなり薄暗い室内へ入ったので、よく見えない。目が慣れてくるにつれて、そこは大広間で、幅の狭いテーブルがずらりと縦長に連なって並べられ、片側に十四、五人、向かい側にも同じ

く大勢の人が着席しているのが見えた。今日は何かの祝席なのか、と
サルヴォに問うと、

「あなたを歓迎するためですよ」

と笑い、こちらがミラノからのお客さんです、と着席した人たちに
私を簡単に紹介してから、どうぞ、と椅子を引いてくれた。

宴卓の上座には、サルヴォの父親が座っている。その隣が私で、向かいはサルヴォ、横にはこの家の主であるサルヴォの叔父が座った。
サルヴォに負けず、父親も叔父も映画か美術館から出てきたような、
威風堂々とした男性だった。

席順にはあれこれと決まり事があるらしく、皆、静かに指定された
席について、主賓である私が落ち着くのを待っている。

「本日は、遠いところをようこそ。息子がミラノで世話になったそうで、ありがとうございます。どうかお好きなだけ、カルレンティーニにご滞在ください」

父親はややしわがれた、しかし印象的な声で隣にいる私の目を見ながら挨拶をし、グラスにワインを注いでくれた。あの、黒い赤ワインである。瓶にはラベルがない。そして自分にも注ぐ。

ぐっと、どうぞ。そう身振りで勧めてくれたものの、こちらは空きっ腹である。悪酔いしないか心配だったが、皆がこちらを凝視しているなか、誘いを無視できるはずもない。食卓を囲んだ一同を見回し、ありがとうございます、と黙礼してからグラスを高く掲げて、ぐっと飲む。全部、飲む。それを皮切りに、グラスがぶつかる、皿にフォークが擦れる、ワインのコルク栓を抜く、そういうざわめきが集まって、いよいよ宴席が始まった。

向かいに座った叔父は食事が始まっても、ものを言わない。愛想が悪いというわけではない。ときおり笑いながら人の話に相づちを打つが、自分は黙っている。ここへ来る途中に見た、玄関門から続く広大なオレンジ農園を褒めてみる。

「庭園、と呼ぶのですよ。わしらはね」

それまでやはり静かだったサルヴァの父が突然、丁寧だが低い声でぴしりと、私が〈農園〉と呼んだのを訂正した。どぎまぎして謝る。

「いや、気になさらずに」

二人の主は再び黙ってしまう。

ここへ来て、はたしてよかったのだろうか。サボテンの群生など、実在しないのではないか。昨日サルヴァの魔性に目が眩み、そのまま白昼夢の中に自分はいるのではないか。ここはいったいどこなのだ。いろいろな思いが錯綜する。ワインが回ってきたのかもしれない。

そうこうするうちに、席には一度も着くことなく厨房で料理をしているサルヴァの母親と中年の女性たちが数人揃って、挨拶にやってきた。

「お腹がいっぱいになったら、おっしゃって。合図があるまで休まず、料理を作り続けますから」

サルヴァとそっくりの目もとに笑みを浮かべてそう言い、テーブルにドンと置いたその大皿には、揚げたての一口大のパンが十数個並んでいる。上に載る具はそれぞれ異なっていて、タマネギやアンチョビ、トマト、ナスの強烈な香りが立ち上ってくる。

マンマ、どうもありがとう、とサルヴォは母に大げさに抱きついてキスしてから、パクパクとその小振りのパンを口に放り込み始めた。

その後、いったい何種類の料理を食べただろう。オリーブオイルやトマト、野菜、パスタと馴染みのある食材なのに、場所が変わるとこれほど違うのかというほど、半島側では食べたことのない味ばかりだった。

出されるものを夢中で食べては飲んでいると、

「わしらが半島側へ行くと、味が頼りなく食べた気がしなくてね。ここでは、塩の代わりにアンチョビを使う。肉料理にだって、アンチョビです」

口を歪めるようにして笑ってそう言い、サルヴァの父はフォークでアンチョビを数匹グサリと突き刺して、どうぞ、と皿に取り分けてくれた。

イワシの生臭さは、血の匂いを連想させる。かつて海の向こうから異教徒が持ち込んだ味覚がそのまま島民の舌に残り続けているように、シチリアは容易に半島側のイタリアへは同化しないまま、一線を画しているのだ。

かれこれ五時間にも及んだ昼食を終えると、外はもう夕暮れである。兄ルーチォの運転で、宿まで送ってくれるという。てっきり兄弟の実家に泊まるのだと思っていたのだが、案内されたのは高台にある民宿だった。

季節外れで、私の他に宿泊客はない。宿からは眼下に村が見渡せ、村からも民宿の様子はよく見えるはずだった。高台には、その民宿のほかに何もないからである。ついいましがたまでいっしょに食事をしていた皆が、家に戻ってそれぞれの窓からこちらをじっと見ている。そんな錯覚を覚えた。

「おい、日本からの客人だ。よろしく頼むぞ」

ルーチォはそれまでと打って変わった低い声で、出迎えた民宿の主人に短く念を押す。民宿の主人は、わかった、というふうに目だけ動かして返事をした。私のほうに再び向いたときにはルーチォは、ふたたびそれまでの人懐っこい表情に戻っている。

「じゃあ、夜十時に迎えにきますから」

昼に集まれなかった人たちが、夕食に来るのだという。同じ釜の飯を食わないことには、駒が次に進まないということらしい。

夕食はシラクサまで出かけて行き、夜の真っ黒な海を眼下に見ながらの海鮮料理だった。

夜の部は、サボテン計画に関わる仲間が二十人ほど集まり、飲み食いが終わったときにはすでに夜中の三時を回っていた。食事の間じゅう、皆は入れ替わり立ち替わりグラス持参で私の席まで来て、自己紹介をしては握手をしグラスを空にして、再びそれぞれの席へと戻っていく。挨拶に立つのは男性ばかりで、連れの女性は脇でこれという話もせずに食べるだけである。

「内外の関係者への紹介は、これで一応、終わりました。それでは明朝いよいよ、サボテン畑へご案内です」

明日の作業にはこれを着けて、と宿の前で別れるときサルヴォは私に、頭巾や手の平の部分にゴムのついた手袋など作業着一式を渡して、夜明け寸前の道を帰って行った。


いま横になったところだったのに、次に目を開けたときはもう朝になっていた。日差しが強くなる前に作業しないと日射病になるというので、朝六時にはもう車に皆揃って乗り畑へ向かっている。

行けども行けどもオレンジとレモンの庭園が続いていたが、ある地点から景色は一変し、何も生えていない荒地を走っている。地面は乾き、地割れしている。

「窓を閉めて」

ルーチォが言う。と間もなく前方に、緩やかな緑色の丘が見え始めた。その緑の色から、オレンジとは植生が違うのが遠目にもよくわかる。

「サボテンです」

丘へ近づくにつれて、独特な光景がだんだんと見えてくる。

それは、幹も枝もない、巨大な植物だった。棘だらけの葉と、その輪郭を縁取るようにたわわに生《な》っている実。これまで観葉植物として見慣れていた鉢植えのサボテンとは比べようのない、似て非なる異様な姿だった。

木とも言えなければ、草とも言えない。四方八方へ触手のように葉を伸ばした、緑色で肉厚な異様な生き物である。表面に密集する棘が、車の中からでもはっきり見える。こちらの隙を狙って、その吹き矢を飛ばし挑みかかってくるようである。

さらに畑の中程まで乗り入れたところで、私は言葉を失った。

それは、何十何百といった生易しい数ではなかった。視界の届く限りどこまでも、ぐるり全方位に三メートルを越える高さのサボテンが密生している。サボテン以外には、雑草一本すらない。

窓を閉めた車の中にいるのに、水分が蒸発していくような、むせ返る匂いがする。わずかな夜露がサボテンの棘の先に水滴としてぶら下がり、それがまだ弱々しい日差しを受けてときおり光る。見渡すと、無数の棘先がいっせいに光っている。

「この瞬間こそ、実が瑞々《みずみず》しくておいしい。さあ、摘みましょう」

車の中で完全防備を整えてから、表に出る。たちまちサボテンの生々しい匂いに取り囲まれて、立ちすくむ。

見上げるような高さに伸びた葉の突端に赤、黄、ピンクとさまざまな色の実をつけたサボテンが、数キロにわたって立ち並んでいる。どこまでが栽培されているもので、どこからが野生なのか、その境目はわからない。しかしそんなことは、これだけの群生を前にすると、もうどちらでもいいことだった。

「農作業の中で最も手間がかかり辛いのは、トマトやオリーブの実の収穫といいます。しかしサボテンの実を摘むのに比べたら、なんということはありません」

ルーチォは、先に畑で私たちを待っていた痩せた農夫をちらりと見て、そう言った。

「どんな仕事でも引き受ける北アフリカからの出稼ぎですら、サボテンの実だけは勘弁してほしい、と言うくらい、辛い。収穫は手作業のみ。一個ずつもぐしか方法がないからです。棘にまみれて、ね」

おい、とルーチォが顎をしゃくりあげると、農夫は黙ってポケットから小型ナイフを取り出し、ぐいと手首をひと捻りしたかと思うと、もう葉の先から実が切り落とされていた。手の平に載せて、ほら、とこちらに見せる。実に触れるか触れないかという手つきで、農夫は手際良く次々と摘み切っていく。

「実に棘で傷がつくと、そこから腐り始める。自分の手よりもまず実を傷つけないよう、生卵を扱うように摘んでいくのです」

ザクリと切り取って、籠へ。ザクリ、籠。瞬く間に、籠はいっぱいになっていく。

水中メガネは海水浴用に、と楽しみにして持ってきたのだが、昨夜サルヴォから強く勧められて、今朝ここで着用していて助かった。梯《はし》子《ご》に上って摘み取る農夫の作業を見上げているうちに、水中メガネの表面は飛び落ちてきた細かい棘で曇るほどになっていたからである。

摘み取る手を休めて、農夫は器用にくるくると皮をむき、別のきれいなナイフにその実を突き刺して、ナイフごと私に手渡してくれる。レモンのような明るい黄色で、一口かじるとバニラのような香りがぱっと広がった。次はこれ、と二、三列先のサボテンから切り取った赤黒い実をむいてくれる。これは甘酸っぱい味。ピンクはどうだ、黄緑色のもなかなかいけるぞ。渡されるままに、四個五個と頬張る。

以前ミラノの知人宅で出されて、一度だけ食べたことがあった。「絶対に素手で触ったら駄目よ」とあのとき何度も注意されて、薄紙を敷いた皿に上に置かれた実をナイフとフォークで肉の塊でも解体するように、そしてその肉片から皮を剝ぐようにし、恐る恐る果実を口にしたのだった。知人は皆がその実を食べ終わるや、ゴム手袋をして皿の上の紙ごと皮をそうっと包み込み、慌てて奥へ下げてしまった。

そういうことばかり覚えていて、せっかくの珍しい果物の味や食感は少しも記憶に残っていなかった。

ところがどうだろう、今サボテンの懐に抱かれるようにして、畑で立ち食いする、この実のおいしいこと。食べるうちに思いは遠く幼い頃へ飛んで、夏によく飲んだ砂糖水を思い出す。

みるみる十個余りの籠がいっぱいになり、農夫が運転する運搬専用の軽三輪と加工場で落ち合う約束をして、私たちは畑を後にした。

九月末の朝十時前だというのに、気温はすでに二十五度を越えている。

幻想的なサボテンジャングルを走り抜けると、道の両側は再び乾いた荒野へと一転した。

道沿いにところどころ、朽ち果てた建物が見える。屋根も残っていないほどに崩れているが、レリーフまで施された正面の壁面やひび割れた壁の間から見える天井は、五、六メートルはあるかという立派な建物ばかりである。建立された当時、さぞ壮大な佇まいだっただろう。

「持ち主がいるのか、いないのか。荘園領主の屋敷跡ですよ。家族間で抗争があったり、家系が途絶えてしまったり、差し押さえにあったり。誰も住まない。住めない。売れない。買えない。そういうわけありの建築物が、ここにはたくさんある」

運転するルーチォは、横目で放置されたままの建物を見ながら、表情を変えずに独り言のように言う。サルヴォは窓の外を眺めるばかりで、黙っている。

兄弟と入って行ったのは、玄関の門の上に〈手作りジャムの店〉と手書きの木製の看板がかかった、立派な屋敷だった。玄関には、ブーゲンビリアが屋根を越えるほどに伸びて、季節でもないのに造花のようなピンク色の花を枝いっぱいにびっしりとつけている。

迎え入れてくれたのは、もう五十に近いだろう、明るいブロンドの小柄な女性だった。

いらっしゃいと高い声で言いながら駆け寄り、まず私と握手をして、次に兄弟二人に飛びついて甘い調子で挨拶をした。その朗らかに過ぎる様子は年恰好に不相応で、そばで見ていたこちらが照れてしまう。

かなり膝上のミニスカートにはたっぷりとギャザーまで入っていて、

しかも濃いピンク色である。表に咲いている、時季外れの濃厚なブーゲンビリアのようである。印象的な色なのにその女性が纏うと、華やいで見せたいという気持ちをそのまま見せつけられるようで、息苦しい。はしゃげばはしゃぐほど、彼女はいっそう老けて見えるのだった。

「ルチア、今朝摘んできた実をすぐに、ジャムにしてもらいたいんだけれど」

大げさな挨拶が収まるのを待ってサルヴォがそう切り出すと、もちろんよ、とスカートの裾をつまみ上げてから派手にウインクしてみせた。

店主のルチアがそれほどに興奮しているのは、外国人の客である私が訪問したからではなく、この兄弟のせいなのである。問われもしない世間話を一人で続けながら、意味もなく男二人の間を飛び跳ねるようにして歩き回っている。

時おり、甘くてむせるような香りが流れてくる。売り場の奥にはジャムを作る厨房があるらしいので、てっきりそこで果物を煮詰める匂いなのだろうと思っていたが、しばらくしてそれがルチアの香水と気づく。

今はジャムの売り場になっているが、かつては迎賓室だったのだろう。ゆったりとしたその広間は八角形で珍しく、それぞれの辺に天井まで届く大きな窓があり、ドレープをたっぷり取った薄地のカーテンがかかっている。庭の木々の間から、室内へ薄く光が差し込んでいる。はめ込み模様の小机や、吹きガラスの引き戸が付いた棚、金箔が施された大振りの額縁など、どの家具や調度品にも由緒ある歴史が見て取れた。そこで日がな一日、ルチアは一人で静かにジャムを売ってい
る。

ルチアは、この家の直系の令嬢である。長らく英国で教育を受けたのだという。ルチアの父親は植物学者で、インドイチジクの効能について調べているときに大学から紹介された縁だった。

「娘が自宅で手作りジャムを売っているので、そこにサボテン用の機械もいっしょに置くといいですよ」

効能についての情報の提供だけでなく、学者は親切にジャム製造や営業の協力も申し出てくれたのである。

ジャムを作って売るには保健所の認可が必要で、正規に申請すると

どれほど時間がかかるのかわからない。兄弟には、役所にこれといったコネもない。しかも柑橘系の競合になるかもしれない、秘密の新商品である。認可を申請してみたところで、ジャムがおいしければおいしいほど、黙殺された末に捻り潰されてしまうかもしれない。雑事を回避しなんとか早く売りたい兄弟は、学者一族の厚意を遠慮なく受け、軒先を貸してもらうことにしたのだった。

農夫が持ち込んだ大量の棘だらけの実を見て、最初ルチアはあからさまに厭な顔をした。しかし農夫と同行したサルヴァが、その緑の目でじっと見つめながら頭を下げると、「お引き受けしますわ」。

あるところにジャム作りの名人がいると聞き、材料にする果物も持たない極貧の女がなんとか栗のイガでジャムを作ってと懇願する、という童話がある。名人はあまりに達者で、栗のイガばかりか枯れ葉や小石でも見事なジャムにしてしまう……。

ルチアはその名人のように、「私が、棘だってジャムにしてみせる」と兄弟に約束した。

サルヴォの兄が考案した機械を使えば皮は完璧にむけたものの、その先、実からジャムに加工する機能に欠けていた。サボテンの実の効能を生かす、ジャムのレシピが兄弟にはわからなかったからである。

「サボテンの棘は、シチリア人の気骨のようなもの。たとえ姿が見えなくても、相手の隙を狙い、いずれはきっと刺す。棘がなくても皆を、参った、と唸らせるようなジャムを私が作ります」

何世紀も前から変化のないシチリア内陸の、裕福だが退屈な一族の暮らし。そしてこの先も永遠に変わることがないだろう自分の一生を、ルチアは黙って受け入れてきた。運命は運命。逆らっても、しかたない。淡々と過ぎていく時間。

そこへある日、棘だらけになった若い男二人が現れた。実を摘んでは持ち込まれる毎日を繰り返すうちに、ルチアは自分の棘が抜け硬い皮が剝がされていくように感じる。サルヴォとルーチョを喜ばせたい。

優雅だがひっそり薄暗い迎賓の間に、さっと光が差し込んできたかのように、透明でピンク色をしたサボテンの実のジャムが並んだ。ルチアの純真な思いはそのまま、ジャムの切なく甘い味となったのである。

皆でしばらく立ち話をしていると、奥からまとわりつくような甘い香りが流れてきた。今朝私たちが収穫したサボテンの実が、ジャムに煮詰まる匂いである。そしてまた、ルチアの熱意が凝縮する匂いでもあった。

あれから二年。

『九月二十三日、結婚の儀
　御参席を心よりお待ち申し上げます。　アルフィオ　ジビリスコ』

誰だろう。招待状の送り主に、覚えがない。新郎新婦の名前も記載されていない。謎の招待状の封筒にある住所を見て、驚いた。

シチリア、カルレンティーニ村。

アルフィオとは、あのサルヴァの父親ではないか。

そう気づいたとたん遠い記憶の底から、オレンジの強い香りと果てしなく続くサボテンの群れの光景が蘇り、胸の奥がチクチクとした。棘は、あれ以来私の気持ちの奥深くに刺さったままなのだった。

あの晩夏、サルヴォに連れられて行ったシチリアでの数日は、いったいなんだったのだろう。あれほど楽しかったというのに、ミラノの生活に戻るや、カルレンティーニでの出来事がまるでなかったことのように、私の前からサルヴォもジャムも消えてしまったのである。

最後に空港まで送ってきてくれたサルヴォは、ジャム瓶が入った箱を私に渡して、

「どうかよろしくお願いします」

と、深々と頭を下げた。ミラノのホテルで働いている同郷の人がい

て、サボテンの実のジャムをホテルに売り込んでくれるという。ならば私がサンプルをミラノまで届けましょう、ということになった。私はサルヴォと約束した通り、その同郷の男性にジャムを届けたが、その後サルヴォとはいっさい連絡が取れなくなってしまった。携帯電話は番号が変わっていて、実家はいつも留守電だった。パトリツィオにも頼んでクラブをのぞいてもらったが、サルヴォはもう店を辞めていた。

何があったのだろうか。気にはなったが、他に調べる方法もなければ現地まで行く気持ちもなく、そのまま時間は経ち、やがてサボテンもサルヴォも、シチリアの思い出とともに遠ざかってしまった。

結婚するのは、誰なのだろう。招待状に、新郎新婦の名前がないのは、何か事情があってのことなのだろうか。

〈喜んで〉。出席の旨を伝える返信を出してから数日して、電話があった。ひどく強いシチリア訛。サルヴァだった。うちの階下から電話をかけている、と言う。

「少しだけお邪魔してもいいでしょうか」

玄関のドアを開けるとそこには、あのルチアとサルヴァが並んで立っていた。

まさか。結婚するのは、あなたたちお二人なのでしたか。

私はどうにも言葉が出ずに、その場に茫然とする。

「こんにちは、初めまして」

そのとき、がっしりしたサルヴァと大きな帽子を被ったルチアの後ろから、小柄で華奢な若い女性が二人の前へ出て、挨拶した。それはまさに、純白のザガラの花のような楚々とした美しい人だった。

「私の娘のクリスティーナです。サルヴォのお嫁さんになるのよ」

あの日、屋敷の薄暗い居間で聞いたのと同じ高く弾んだ声で、ルチアが自慢げに紹介した。

私は、再び驚いて何も言えない。ルチアは未婚の深窓の令嬢ではなかったのか。若くて美しい兄弟に叶わぬ恋心を抱いて、ジャムにその思いを託していたのではなかったのか。

ルチアは、嬉しくてたまらない、という笑顔で、その場で飛び跳ねるようにしている。あの夏と、まったく同じだった。はしゃいで飛び跳ねるのは、ルチアの癖らしい。

「ルチアに世間には秘密にしている娘がいる、と知ったのは、ジャムが完成した頃でした。サボテンの実の将来を祝う食事会を、とルチアの屋敷に僕らは誘われた。そこで紹介されたのが、このクリスティーナだったのです」

サルヴォとクリスティーナは、会った瞬間に稲妻に打たれたように恋に落ちた。

ルチアは、初めて兄弟二人と会ったときから、真面目で勇気ある若者に、娘を持つ母親としてぞっこん惚れ込んでしまう。古いしきたりや運命に甘んじている、島のほかの青年たちとは違う。ルチアが英国暮らしの時代に、わけあって生まれた愛娘には、自分のような逼塞《ひっそく》した人生はけっして味わわせたくなかった。

「それからの母は、もう必死でした。徹夜でジャムの試作を繰り返し、誠心誠意、サルヴォとルーチォに尽くしたのです。兄弟に喜んでもらえれば、私を紹介する機会もあると信じて」

クリスティーナは、サルヴォと顔を見合わせて笑う。

「シチリアの棘はね、狙ったら必ずいつかは刺すのです」

ルチアは私に向かって悪戯っぽくウインクをし、大きなリボンのかかった籠を差し出した。そこには、〈二年間のご無沙汰をお許しください〉と書いたカードと、さまざまな色のインドイチジクの実がたくさん入っていた。

初めてで、最後のコーヒー

北イタリアのミラノから、電車でナポリまで南下する。七百五十キロ。

ピアチェンツァ、パルマ、ボローニャと通過して、今、電車はフィレンツェの少し手前に差し掛かったところである。

各駅から乗り込んで来る客からは、ミラノを離れるほどに苛ついた気配が弱まって、そのうち黒っぽいスーツ姿も減り、今日クライアントから連絡は入ったか、だの、明日の会議用の書類はできているのか、などのべつ幕無しに携帯電話でまくし立てる人ももういない。昼下がりの車内には、間延びした空気が流れている。

電車が南下するにしたがい、現代を背後に残したまま時間が過去へ向かって逆行しているような錯覚を覚える。車窓からの眺めは、イタリアの現代化の歴史を巻き戻しで見るようで、南部への旅はすなわち旧きイタリアへのタイムトリップの趣がある。

ミラノからナポリへ初めて電車で行ったのは、三十年近く前のことだった。

当時から、トリノやミラノといった北の都市間を結ぶ路線では遅延も少なく乗り心地がよいのに、南イタリア行きとなると車両は一様にひどく古びていて掃除も行き届いておらず、電車に乗るや、旅立つ時の高揚した気持ちが一瞬にして萎えたものだった。

ガラス窓のついた引き戸で通路と仕切られた六席用のコンパートメントに入ると、かすかにすえたような匂いがした。窓は開くところもあれば、開かないところもあり。暑い時季に窓の開かないコンパートメントに当たった日には、不運を通り越して苦痛の旅になった。冷房装置はあるものの、稼動している電車に当たった例《ためし》はほとんどなかった。座席は合成皮革で覆われていて、座席と背中の間や腿の下にじっとりと汗が溜まって逃げず、不快のあまりとても長時間は座っていられなかった。

ミラノからナポリまで、どんなに速い電車でもたっぷり七、八時間はかかった。それだけ長いと相当に気心が知れた人との道連れでも、途中で話すことも尽きてしまう。ふと話題が途絶えると、風抜けのしない淀んだ空気がいっそう鬱陶しく、居心地の悪さに閉口したものだ。

あるいは、気軽な一人旅を楽しもうと乗ったところに、ひどく話し好きの人や立ち居振る舞いの騒々しい人と同室になると、もうおしまいだった。やれ電車代が上がっただの、ミラノ人は冷たいだの、北のトマトには味がないわ、先週のローマ法王の説法は実によかった、ちょっとすみませんが廊下に出ますので、中国人と日本人はいったいどのように見分けるのですか、うちの孫はピアノを習っています、それにしてもアラブ人は許せない、このサンドイッチ一口いかが、その新聞、読み終わったら貸してもらえます？

脈絡のない雑談に飲み込まれて、乗れども行けども、電車は目的地へは永遠に到着しないのだった。

それでも長らくコンパートメントで膝を突き合わせているうちに、どんなに煩わしい相手でも、そのうち何となく親しみが湧いて来るものである。電車を降りる頃には、同室の人たちの家族構成にはじまり、人生のいろいろまでをすっかり知り尽くしてしまったような気になり、下車してそのまま別れてしまうのがさみしくなることもあった。

長距離電車に乗って南部へ向かうとき、その乗客の大半は鉄道旅行の熟練者である。一分一秒を争うような事情の人は、そもそも電車には乗らない。旅程が多少狂うことなど、南部行きの乗客にとってははなからたいした問題ではない。とにかく目的地に着きさえすれば、それで結構。

そもそも車好きの多いイタリアで、あてにならない電車にあえて乗ろうかという人は、免許を持っていないか、老齢か、神経を使わずしかも経済的な鉄道の旅を気長に楽しもう、と腹を括っている人たちである。空港には空港特有の旅客があるように、駅には駅だけに見られる種類の旅行者がいる。

さて今日も乗車前に私はプラットフォームのベンチに座って、ミラノ中央駅構内の往来を見ていた。目の前を通り過ぎていくありとあらゆる種類の人たちを見ていて、各人がそれぞれの事情で旅に出るのだと思うと、どんな映画よりも興味深くて飽きない。

大勢の観光客や通勤客に混じって、熟年女性の一人旅が目についた。スーツにハイヒールで闊歩する、都会のキャリアウーマンふうではない。熟年女性の旅行者たちはどの人も揃って、持ち物から服装、髪型まで、外見はかなり垢抜けない。しかし体軀も態度も、周囲が霞んでしまうほどに堂々としている。連れがなくても、広い構内で少しもたじろぐことなく、目的のプラットフォームへ向かって構内通路のど真ん中をよそ見せずに闊歩している。

遊びではなく用があってやむなくミラノまで来た、しかし終わったのですぐに自宅へ戻る、家は南部で相当に遠いが電車で帰る。

そういう堅実な印象の女性たち。流行だの見てくれだのは、彼女たちには関係がない。旅の目的は実務である。この熟年女性たちは、母であり、妻であり、嫁、あるいは叔母たちである。家事あるところに、家族が必要とするときに、四の五の言わずに駆けつける。イタリアの、ふつうの主婦の旅姿なのである。

その女性は、ミラノ市内ではもうどこを探しても見つからないような古びた柄の綿のワンピースに、真冬に着るような厚ぼったいウールのセーターを肩にかけている。六十半ばくらいだろうか。若者が付き添って、この車両へ乗って来た。

二人の会話から、その若者はどうやら息子らしいとわかる。母親の荷物を棚へ上げ、隣席の中年男性の行き先を尋ねて、母の行き先と同じナポリと知り心底ほっとしたようで、「降りるときに、母が荷物を下ろすのに手をお貸しくださいますか」など、まめに頼んでいる。外見はいかにも気取ったミラノの大学生ふうなのに、同郷の人に会って気が緩んだのだろう、とたんに強いナポリ訛《なまり》が飛び出して、先ほどまでの冷たい印象とのちぐはぐぶりが微笑ましい。息子の訛でコンパートメント内の空気は一気に和らいで、にわかに小ナポリとなる。

無事に席についた母親は、実に慣れた様子でクロスワードパズルばかり載った週刊誌とボールペンをハンドバッグから出し、老眼鏡をかけ、水を一口飲む。鞄から取り出したペットボトルの水は、半分凍らせてある。もう何度もミラノとナポリを往来している熟練者なのだ。

電車の出発を告げる構内放送が流れると、空席に座って隣席の男性

と話し込んでいた息子を急かして立たせ、力強く抱きしめながら、

「ありがとうコスタンツォ、着いたら電話するから。元気でね」

と言う。少し涙ぐんでいる。言われた息子も、途端にさみしそうな顔をして幼い子供が甘えるような調子で別れを告げ、同室の私たちにも一通り礼儀正しく挨拶をして、名残惜しそうにコンパートメントを出ていった。通路に出てから息子は胸元に垂らしたネックレスを引き上げて口元へ持っていき、そうっと十字架のペンダントへ唇を当てた。

プラットフォームに下りても、息子は母親の乗ったコンパートメントの窓の前に立ち、帰ろうとはしない。確かに電車が走り出すのを見届けてから、帰るつもりなのだろう。南部行きの電車は、何が起こるかわからない。

それにしても、つい先ほどまでここでさかんに話をしていたというのに、開かない窓のこちらと向こうで、母と息子は互いに口を大きくゆっくり開けて見せ、手振り身振りも加えて、引き続き賑々《にぎにぎ》しく会話を続けている。無声映画を見るようで、これから行くナポリはミラノとはまた別もののイタリアなのだ、とあらためて思う。

優しい息子さんですね。

電車が走り出してから、おばさんがちょうどこちらを向いてにっこり黙礼したので、私は言った。ほんの挨拶代わりの世辞のつもりだった。ところがその女性は、待ってましたとばかりにこちらを向いて座り直し、

「ありがとうございます。そうなんです、大変にできた息子でして」

ぐっとこちらに身を乗り出してきたではないか。声をかけたことを後悔するが、もう遅い。ナポリの母は、嬉々として話し始める。

「建築を勉強したい、と言われてミラノに出したのですが、あの子はもう二度と、私たちの元には戻ってこないのかもしれません」

すでに手にはハンカチを握りしめて、母は切ない顔になっている。

一人息子なので地元で公務員にでもなってもらい、地味でも一生安泰、近くで暮らしてもらえれば、と親は密かに願っていた。ところが息子は、ナポリに自分の将来はない、と早々に見切りをつけた。建築ならミラノが先端で仕事も見つけやすい、と周囲からも聞いてきた。

「昨年、満点で大学は卒業したものの、これからしばらくは先輩の建築事務所で見習いです。収入？　そんなもの、ありませんのよ。見習いさせてもらえる場所が見つかっただけでも、御の字ですからね。むしろ、こちらのほうが謝礼をお渡ししなければならないくらいで」

物価の高いミラノに息子を下宿させ、大学へやり、それなりの身繕いを整えてやって、就職先を探し、決まればその受け入れ先へ心付けも届け、こうしてときどき様子伺いにもやって来る。物入りなことだろう。いかにも古くさい花柄のワンピースも、気に入っているので色が剝げようが着続けている、というわけではないのかもしれない。ふとその足下を見ると、年季の入った革のサンダルは、踵《かかと》のところだけが不釣り合いに真新しかった。そこだけ丁寧に打ち直してあるからだった。

よろしかったらどうぞ、とアルミホイルの包みから出した、手作り

らしいハム入りサンドイッチを私や隣席の男性に勧めながら、

「ナポリから少し内陸へ入った小さな村で、自家製のビスケットを売っているのですけれどね、焼けども焼けども、手元には何も残らない。その分、息子に投資していると思えば、いいのかもしれませんが」

ため息をついて言ってから気を取り直したように、これがうちのビスケット、とビニール袋に入った、直径三センチほどの輪の形をしたものを鞄から取り出して、数個ずつ皆に分けてくれた。

ひとつ食べてみると、あっさりとした塩味だった。オリーブオイルの香りが高く、しっとりとした歯ごたえである。ビスケットは口の中でサクリとゆっくり崩れ、焼き菓子特有の香ばしい味わいが広がった。

原材料を尋ねると、粉と水と油と塩だけだという。乾パンに似たごく簡素な食べ物だが、だからこそちょっとした焼き具合や塩加減が仕上がりの決め手になるのだろう。なかなかに気の抜けない商売に違いない。その女性が夫と二人で、早朝から粉まみれで懸命に働く様子が目に浮かぶ。

たとえ優秀な成績で大学を出ても、一人前の建築家として独り立ちするまで、そうたやすいものではないと聞く。競争の激しい都会で神経をすり減らすより、南部の小村で家業を継いで淡々とビスケットを焼いて暮らすのも、それほど悪くないのではないかと、私は話を聞きながら勝手に思う。

それまで女性の話に熱心に相槌を打っていた隣席の男性は、ふと黙りこんで、渡されたビスケットをかじりながら窓の外を思案顔で眺めている。ミラノの中学校で社会を教えているのだ、と話していた。

「北部へ転勤希望を出し、数年ほど我慢して働けば、勤続年数に少し余計に加算されるのです」。北で耐えた分だけ定年の時期が繰り上がる、という意味である。

南部イタリアは、経済や産業の立ち遅れで就職先が少ない。もともと保守的な気質の南部の人たちは、安定を望んで公務員になる人が多い。教職に就く人も多い。産業が発達して比較的仕事の見つけやすい北部では、教職の人気はそれほど高くない。賃金が安すぎるということもあるだろう。

南部では、教職希望者が多すぎて溢れている。足りない北部へ行けば点数がもらえるという特典に惹かれて、教師たちは北上する。北で何年かの犠牲を払い終えてそろそろ里帰りしたい南部出身の教師たちと、職場を入れ替わるのである。

その社会科の教師も、妻と子供をナポリへ残したままミラノへ単身赴任しているのだという。ミラノ市内に住むと高くつくので、バスと電車を乗り継いで行く、かなり不便そうなところに間借りしている。

「冬の朝、ラジオを聞きながら一人でコーヒーを飲み、暗く凍った道を歩いて出勤するときは、さすがにさみしいですよ」

この週末に小学生の息子がサッカーの試合に出るというので、一泊だけの予定でナポリに戻るところなのだった。

賑やかな雑談が小休止したのを見計らうかのように、通路に食堂車からのワゴンがやってきた。南部行きの乗客は、おしなべて荷物が大きく多い。棚に載せきれなかった鞄やスーツケースが、通路の両脇にずらりと並べて置いてある。その荷物を避けたり移動させたりしながら、釣り鐘をチリンチリンと鳴らして、ワゴン車はやって来る。

話が途切れて気詰まりだった私は、ワゴンを呼び止めてコーヒーを頼む。

「ええっ、こんなところのコーヒーなんて、よしたほうがいいですよ」

ナポリの母は思い切り顔をしかめながら、私の耳元で大急ぎに忠告する。たしかにポットから注がれた作り置きのコーヒーは、すっかり冷めていて湯気も立たず、香りもなく、色は茶色でもなければ黒でもない、くすんだ色をしていた。入れ物は、小さな紙コップである。紙コップを受け取って、ひと口であおる。味気ないこと、この上ない。中学校の先生もあきれたような顔で、コーヒーを飲む私を見ている。どうです？　ひどいでしょ、よく飲めますね、と目で尋ねている。責めている。

ナポリに戻ったら何はさておき、やっぱりコーヒーだわね、とおばさんはぶつぶつ独り言のように言い、バールの名前をいくつか並べた。社会科の教師も、出て来たバールの名前に大きく頷いている。「私はですね、着いたら荷物を家に置き、そのまま家族や友人たちとピッツァ屋に直行することになっています」

「ああピッツァ……。私も早くモッツァレッラチーズにスフォリアテッラ（パイ生地を重ね焼いた、リコッタチーズ入りの菓子）が食べたいわ」

あれもこれも、とその後ひとしきりナポリ名物の食べ物自慢が続いた後、二人は外国人の私のために、お勧めの店を大騒ぎの末に厳選し、一覧を作ってくれた。

実は私も数年ナポリに暮らしたことがある、と二人には言いそびれて、そのメモをありがたく受け取った。いくつか見覚えのある店名があった。

電車はナポリに近づいていく。

車窓から見える街は、八月末だが日差しはまだ強烈である。人々は、ショートパンツや肩や背中がむき出しのワンピースにサンダル履きという、海水浴場と変わらない風体で歩いている。すでに朝晩めっきり涼しくなって上着が必要なミラノとは、たいした違いである。ミラノの人たちは南部イタリアをアフリカと呼ぶが、日差しはまごうことなく灼熱のアフリカのそれだった。

お気をつけて、またミラノでお目にかかるかも、ご主人によろしく、ビスケットごちそうさまでした、坊やが試合に勝ちますように、外国人狙いのスリに注意してくださいよ。

延々と終わりのない旅のようで、到着してみればあっという間だったという気もして、ここで縁が切れてしまうのはやはりさみしかった。

プラットフォームには、それぞれの家族が電車の到着をいまかいまかと待ち受けていた。

あそこに立つ痩せた頑固そうな男性が、ビスケットの名職人だろうか。

十歳くらいの少年が見える。背番号10のナポリチームのユニフォームには、いまだに〈マラドーナ〉と名入れしてある。男の子と手をつないでいる女性が、すると、社会科教師の妻なのだろうか。濃い黄色のワンピース姿で久しぶりの夫を出迎えるなんて、なかなか洒落ている。

電車のドアが開くと、一斉に歓声を上げて、手を振ったり、走り寄って抱きついたり、と各人各様の出会いが溢れている。

私は、さまざまな到着人と出迎え人が笑ったり涙ぐんだりしている脇をすり抜けて、一人で出口へ向かう。

三十年前にこの駅に着いたとき、私は学生だった。ナポリはもちろん、イタリアについて何もわからず、当地にこれといった知り合いもいなかった。

日本からローマ空港に着き、そのまま鉄道に乗り換えてここまで直行した。大きなスーツケースを引きながらプラットフォームを歩いていると、数メートルごとに、タクシーはどう、だの、荷物を運びましょうか、宿泊先はもうお決まりか、と次々と大勢の人たちが声をかけてきた。

ナポリは恐ろしい、とさんざん脅かされていた私は、どの誘いにも少しも振り向くことなく、過度の緊張で全身をハリネズミのようにし、追いかけてくる数々の声を振り払いながら、駅構内を急いで通り抜けた。

　駅前の車寄せは三車線分あって広いはずなのだが、そのうち一車線分に黒いビニール袋がうずたかく積み上げられていて、かろうじて車一台が入って来られるスペースしかなかった。黒い袋は、歩道にも溢れている。よく見ると、それはゴミ袋なのだった。ゴミ袋に混じって、壊れたテレビや自転車のホイール、脚の折れた椅子なども、つまり粗大ゴミもずいぶん放置してあるのが見えた。

　あの日も今日と同じく暑い日で、ゴミの山からは強い悪臭が立ちこめていた。これほどのゴミが出るとはなかなかにナポリは都会だ、とあきれるよりむしろ町の活力に私は感心した。

ところがゴミの山は、駅前ロータリーだけではなかった。視界の届く限りずっと先まで、道路の両脇にビニール袋に入ったゴミが積まれて壁のように続いているのが見えた。よほど驚いているように見えたのだろう、私のそばに四十過ぎくらいの女性が近づいてきて、

「ストなのよ、ゴミ回収業者の」

苦笑いして教えてくれた。

「昨日今日に始まったストじゃない。去年のクリスマスから、もう誰もゴミ回収に来ないの」

冬、春、夏と季節は巡ってゴミの山は風化し、この壊滅的な町の風景の一部になっている。しかしおぞましい掃き溜めの上方を見ると、建物と建物の間に張ったロープに洗い立ての下着がずらりと干してあ

り、ナポリへの到着を歓迎する万国旗のように翻っている。その強烈な対比は、この地には天使と悪魔が共存する、といわんばかりだった。
今日からここに暮らすのか。生半可な構えでは到底、太刀打ちできないな。あのとき駅前で武者震いしたのを思い出す。

三十年の月日を経て、さすがに駅構内は新しくなってはいたが、混沌とした様子は昔と少しも変わっていない。人の歩く速さはミラノよりもずいぶんとゆったりしているものの、どの人も話し声がやたらと大きく、しかも大仰な身振り手振り付きなので、辺りには騒然とした気配が漂う。ひと言で片付いてしまうようなことでも、あえて百に増やして言い張らなければ黙殺されるようなところがナポリにはある。

その喧噪ぶりは、駅というよりアラブのカスバにでも迷い込んだようである。

構内のバールから流れてくるエスプレッソコーヒーの濃い香りに混じって、鼻をつく異臭があった。

まさかと半信半疑で駅前へ出たところで、ぎょっとした。

そこには、好き勝手に駐車した無数の車とゴミの山が、昔見た光景と寸分違わずに広がっていたからである。よく戻って来たな、とゴミが呟いたような。ぐれた旧友に再会した気分である。

ダンテ広場まで、お願いします。

異臭に息を止めハンカチで口元を覆い、大急ぎでタクシーに乗り込

んだ。もう若くない運転手は、ゆっくりと芝居がかった動作でこちらを振り返り、私を値踏みするようにじろりと見てから、

「了解」

短く低い声で返事をして、車を出した。駅周辺は、人と車とゴミでごった返している。その間をまるで自転車のように巧みな切り返しですり抜けて、タクシーは環状線をかなりの速さで走り出した。

ナポリには湾を見下ろすようにして高低の変化に富む丘陵があって、その斜面には建物がびっしりと張り付くようにして建っている。岩に付くフジツボのようである。

イタリアの他の都市では町の景観を損なわないために、建物の高さや屋根の瓦や壁面の色、窓の大きさに形、位置、鎧戸の色、場合によ

ってはベランダの日除けカーテンにいたるまで、細かく基準を設けている。

ところが、ここはどうだろう。建築様式はバロックありゴシックあり、アールデコにリバティふう、そのすぐ背後には古代ローマ時代の遺跡も見える。建物はそれぞれ勝手気ままな方角を向いて建ち、ジグザグの壁面に反射して太陽は、刻々と色を変えて光っている。一瞬、ナポリにはいくつも太陽があるのではないか、と思うほど、日射しが四方八方から目を刺す。

ひしめく無数の建物を見あげていると、軽い目眩を覚えた。どこに視点を合わせて町を見たらよいのか、わからない。人と話すとき、相手の目や口、手元を見れば話がしやすいのと同じように、町を知るにもここぞという見所があるように思う。ところが、ナポリはまったく捉えどころがない。万華鏡を覗いたときのように、細かく美しい無数の小片がいっせいにこちらを向いて話しかけてくるようであり、しかし直後にはその小片はバラバラな方向に霧散してしまい、知り合ったばかりのこちらのことなどは忘れ、姿形を変えて自由気ままに煌《きら》めいているというふうなのである。

一見、混沌を極める町には、しかし、ここだけにしか通じない共存の様子がある。千差万別の要素は、互いを阻害したり否定することなく、絶妙な均衡を保って共存している。

タクシーの中から久しぶりにナポリの町を眺めながら、自分の思うがままでいいのだ、と開放された気分に充たされ始めていた。

波瀾万丈なこの町の魅力は、万人の勝手を許す包容力である。異なることをよし、とする個々への敬意である。規則の通用しない町で暮らすために、住人には今日の不便を明日の好都合へと変えていくような、強い独創性があるに違いない。問題ごとに足止めを喰ってはおられない。瞬時に手だてを考えついて、駒は先へ進むのである。

あれこれ思いにふけっていて、ふと気づくと、車は目的地とはまったく反対の方角へ進路を取っている。運転手とろくに話もせずにいたので、しめた、よいカモが来た、と思ったに違いない。しかし、このまま騙されるままに市内を遠回りして、車中から久しぶりのナポリを楽しむのも悪くないだろう。

運転手さん、そこはさっきもう回ったから、どうせならモンテ・サントにいったん入ってから、上って行ってください。

運転手はぎょっとした顔でバックミラーからこちらを見て、「了解いたしました」と、きつい訛の敬語を使って返事をした。

モンテ・サント地区は下町の核のようなところで、市内にいくつかあるいわゆるグレイゾーンの一つでもあった。

ナポリでは、敬語の使い方が大仰だ。若い子たちも、敬語を使う。他所《よそ》では言葉使いからも格差が排除されてしまって、立場や身分におかまいなく、一様にざっくばらんである。

ナポリで敬語に迎えられると、大時代的で野暮ったく聞こえる一方で、格式や伝統を重んじる気質が感じられて心地よい。タクシーの運転手は、こちらを一見《いちげん》の外国人観光客と値踏みしたのは間違いだったらしいと気づいて、大慌てで敬語で返事をして取り繕おうとしたのだろう。

もうメーターは上げてもらって結構、せっかくですから小一時間で町をざっと回ってもらえませんか。

私は、おおまかな額面といくつか行ってみたい地区の名前を挙げて、運転手に提案した。あんた騙したでしょう、お金を返してもらいたい、といまさら文句を言ったところで意味もなく、気分も悪い。〈生半可な構えでは太刀打ちできない〉のを忘れて、隙を作ったこちらも悪かった。

すると運転手は、上半身ごとこちらを振り向いてにやっと笑い、

「ならば一回り始める前に、僕にコーヒーをご馳走させてください」

と言い車を路地裏に停めて、近くにいた少年に駄賃をやり、さあ、と私を促した。

ジェンナーロは、私が久しぶりに訪ねてみたかったモンテ・サント地区の出身だった。歩きながら、あのあたりですよ、と顎をしゃくって自分の家のあるほうを示して見せた。密集する建物の間を狭い路地が縦横に走り、その角ごとに物売りが立っている。物を売りながら、鋭い眼光を飛ばして往来する人たちを監視しているような気配がある。

おう仕事はどうした。今晩、試合を観に行くか。チーロと会う約束を忘れるな。お母さんとさっき肉屋で会ったわよ。

駅構内であれこれと声をかけてくる人たちのように、ジェンナーロが路地を進むと両脇、前後左右、ときにはバルコニーから下に向かって、矢継ぎ早に声がかかった。ごくふつうの挨拶のようであり、そこに特別な伝言が隠されている暗号のようにも聞こえた。

「親も、祖父母もその前も、ずっとこの界隈でね。他所《よそ》様の晩ご飯の献立までわかるような、近所付き合いです」

地区には住人以外の車の出入りはなく、迷路のような細い道と朽ち果てたような建物が続く。一歩二歩、で渡りきれるような小道を挟んで、バルコニーとバルコニーの間でのやりとりが聞こえて来る。路地は幅が狭くなりそれでも切れることなく、地区の奥の奥へとつながっている。あの角で話したことは、人の口を介して瞬時にあちらの角まで伝わる様子があって、電子回路を見る思いである。

タクシーを路地に停めておいても、駐車違反など取られない。ジェンナーロの車であるのは明らかで、取り締まりの交通警官は担当がどれだけ替わろうが、永遠にジェンナーロには罰金を科さない。

違法なのに袖の下でも、と尋ねると、

「正規に保険料払っても、いったん狙われたら空き巣や放火は避けられない。誰が守ってくれるか、払う相手を選ばないと」

いまさら野暮な質問はするな、というような顔をしてジェンナーロは短く返す。

ふつう露天商たちは、自治体から出店認可をもらって商売をする。露天商専用のポータブルレジがあって、売り上げはそこへ打ち込み計上される。抜き打ちで税務警官が、このレジを調べにやってくる。

路地にいる商人たちの中には、昔、サッカースタジアムや映画館でアイスクリームや飲料の売り子がしていたように、商品の入った箱を首から紐をかけて持っている者がいる。さっと畳んでしまえば、それで店じまい。移動も簡単。逃げるのも簡単。証拠も残らない。レジもない。

「一カートン」

ジェンナーロが歩きながら前を見たまま、ぼそりと言う。薄暗い道角の壁にもたれ盆に載せて煙草を売る男がいて、さっと無言でマルボロライトが手渡される。

どうです、と開けてすぐにそこから一箱、私に差し出す。ナポリに住んでいた学生時代、こういうところで売られている煙草には、どれにも印紙は張られていなかった。露天商の元締めは、夜中に超高速モーターボートを沖合へ出し、真っ暗な海上で闇の取引をして商材を運んでくるといい、そういう煙草の箱には関税の印紙はなかった。ところが、今ジェンナーロがくれた煙草には、印紙がきちんと張ってある。正規ものなのだろうか。ならば、倉庫からの盗品流しなのだろうか。

「印紙そのものがさ、メイド・イン・ナポリなんですよ。市外にはない希少品だから、ナポリ土産に持っていってください」

こちらの考えていたことを見透かすように、ジェンナーロは一服ふかしながらそう言った。

メイド・イン・ナポリ。かつて〈空気の缶詰〉というものがナポリには売られていて、人気の土産物だった。その名の通り、缶には空気が入っているだけ。空《から》を売ったのである。こうした人を喰ったような話、あるいは絵空事のような話を揶揄して、「まったく、空気の揚げ物だねえ」などと言ったりする。空気を揚げるような、つまり実体があってないような、人を煙《けむ》に巻くような商売や出来事が、ナポリにはたくさんある。

久しぶりに歩くナポリの下町の風景は、以前と少しも変わっていなかった。広場はもちろんのこと、路地裏から軒下まで、空きがあるところには露店が出ている。

魚屋があるかと思うと、すぐ隣には古い絵はがきやレコードを扱う商人がいたり、ソファーベッドを並べて売る男の前には、青果商やチーズの出店が並び、そのうち突然、大小さまざまなブラジャーだけを物干に掛けて売る店があったりする。

売られているものも売る人も多種多様でとりとめがなかったが、常時無数のことを思いつく、軽快で鋭敏なナポリ人の頭の中を散策しているようで楽しい。モンテ・サントと聞いて、ジェンナーロは私の漠とした町を見たいという意図をすぐに汲んでくれたのだった。コーヒーなど、どのバールでもよいはずなのに、ジェンナーロは混雑する路地をさらに進んで行く。

と、突然、私たちは大通りへと出た。

そこには、背後に残してきたナポリとは、まったく別の光景があった。緩やかな傾斜を持つ広い通りの両側には、広い間口の構えの店が立ち並んでいる。いかにも昔からという印象の専門店が多く、流行のブランド店は少ない。経営者の名前だろうか、屋号はほとんどが名字である。看板の書体も古めかしく、しかし厳かで、なかなか敷居が高い。ガラス越しに見える店内は、年季の入った木製の調度品が置かれていて、その向こう側には初老の男性が、暑いのにきちんとネクタイをして接客している。洋品店だが、靴もあれば煙草ケースなどの小物もあって、店の風格を売る、という商いぶりが知れる。

下町の生活臭とこの界隈の粋な佇まいに差がありすぎて、再び軽い目眩がする。歩くうちに、数限りない薄片が重なりあってできあがっている、この町の多重構造を間近に見る。

広い通りとはいえ駅前同様に、ここでも好き放題の違法駐車の列である。文句を言う人は誰もいないらしい。二列目三列目、角などに悠々と車を停めて、買い物など用件を済ませている。停めながら、その前の店主に向かって会釈している人もいるところを見ると、駐車違反の常習である常連に店側も見張り役をしてサービスしているのかもしれなかった。

その通りを行く人々の流れを誘い込むような位置に、ジェンナーロが目指したバールはあった。市役所近くの大きな広場にも近いこのバールは、どんな遺跡よりもナポリの名物なのではないか。さきほど電車の中で渡された『見どころリスト』でも、この店がポンペイよりも先に書いてあったくらいである。

やあ、と軽く手をあげて挨拶して店に入ったジェンナーロは、私をカウンターまで恭《うやうや》しく案内してくれた。

コーヒー二つ。

かしこまりました。

リズムよく目の前に出されたコーヒーは、ナポリの全てが凝縮されたような、複雑に絡みあった豆の濃厚な香りを放っている。カップを手にして見ると、コーヒーはカップの底から一センチほど、入っているかどうかという程度の量だった。ジェンナーロは、一、二、三と声に出して数えながら砂糖を入れて、くどいほどかき混ぜてからひと息で飲み干した。

入って、頼んで、飲んで、二分。客にも店にも流れるような一連の所作は、一枚の絵を見るようである。

バールマンは糊のしっかり利いた真っ白な制服を着て、ひとつも無駄口がない。雑談の渦の後、こうして無言の人を前にすると、何かこちらに粗相があったのだろうか、と緊張する。客を注視するでもなし。しかし、いったんこちらが何か言おうと思うと、途端に気配を察してさっと前へやって来て、目を合わせて客の一言を待つ。

会計の際ジェンナーロは、チップにしてはやや多過ぎる額を置き、釣り銭を受け取らずにそのまま店を出た。不可解に思っていると、

「心づけのコーヒーですよ」

バールを出るとき、何杯分か余計にお金を置く。懐に余裕がない、しかしコーヒーが飲みたい、というような人がバールに立ち寄り、見知らぬ人が残していったお金でコーヒーが楽しめる、そういう計らいなのだという。

恵んでやるのだ、と威張るふうもなくジェンナーロがあっさり説明するところを見ると、ナポリでは当たり前の習慣なのだろう。バールは多くのイタリア人にとって、コーヒーを飲むだけではない、心の拠り所でもあり、残していく釣り銭はいわば聖なる場所への喜捨のようなものかもしれない。

それにしても、ふいと店に入って「心づけのコーヒーはあるか」と尋ね、他人からの厚意を頂戴して飲み再び店を出て行くには、ちょっとした心構えと慣れが必要だろう。

車に戻って、そこからは海沿いに走ってもらう。

高いヤシの木が繁る大通りは、目前にナポリ湾、その後ろにはヴェスヴィオ火山を控えて、劇場舞台の背景画を見るようである。海沿いに続く道を往来する人々は、走る車中からでもその大げさな手振り身振りが目につくが、舞台で演じる役者と思って見れば、少しも違和感がない。

道路のすぐ下には、濁った海水がゆっくり打ち寄せている。小学生ぐらいの男の子たちが歓声をあげて、海水パンツと水中メガネだけで飛び込むのを繰り返す。釣りをしている子もいる。

「幼い頃、僕もよくここで釣った。〈何でも喰う〉という名前の、小魚がかかるのでね。家に帰ってすぐに唐揚げにして、食べる。実に旨いですよ」

灰色の海水で育つ、何でも喰う魚はどういう味なのだろう。

「ナポリではね、『揚げたら何でも喰える。プラスチックだって旨い』

ということわざがあります」

低い声で笑って、食指が動かない、というしかめ面をしていた私をからかうように言う。

ジェンナーロは速度をぐっと落として、よく見えるように海際の車線を走ってくれる。ちょうどそのとき、少年たちの足下を猫ほどもある鼠がのそのそと通り抜けていくのが見えた。遊び盛りの子供たちには、汚いも危ないも関係ないのだろう。広場で鳩が餌をねだるように、ここでは鼠が少年たちの収穫のおこぼれを待ち構えているのかもしれない。

そこから数十メートルほど行くと、防波堤に小さな屋台が出ている。屋根には、『獲れたての近海魚のフライ、うまいヨ!!』と乱暴な手書きの看板が出ている。どうやら、少年たちが釣るのと同じ魚をそこで揚げて売っているらしい。屋台では、顔の造作がわからないほど日に焼けた中年の男性が、新聞紙を三角錐に丸めた中へ、スコップのようなもので掬って揚げたての小魚を入れて売っている。子連れの母親やら若いカップルが、列をなして買っている。

「ファストフードのフライドポテトより、ずっと旨いし安全でしょうね」

ジェンナーロは、ああ喰いたくなってきたなあ、とため息をついている。

そのうち同様の屋台の数は次第に増えて、生魚にレモンと塩とオイルをかけて売っている店もあれば、極彩色のシロップをかけたかき氷を売る店もあり、綿菓子や風船売り、サンドイッチ屋にソーセージを客の目の前で焼きながら売る店あり、と辺りには再びカスバのような空気が漂い始めた。海辺の直射日光に当たって、売り物の生魚はもはや天日干し同然になっている。

陸でも海でもないこの一帯は、取り締まりの対象外の範疇なのかもしれない。波の打ち寄せるテトラポッドのすぐ前に並ぶ屋台に、販売許可を持って商売している店などないに違いない。これまた、空気の揚げ物のような存在である。そういう実体のない店のものを食べて、よもや不調をきたすようなことがあっても、誰にも文句は言えない。

海辺の喧噪を越えて少し行くと、レストランが数軒並んでいる船着き場が見えた。

少年たちが鼠に混じって釣りをしていたあたりとはうって変わって、散策する人もなく、一線を画していて近づく人を萎縮させる雰囲気がある。金さえあれば、というわけではなさそうだった。入り口には門番もいないし門戸すらないのだが、むしろそれで余計に『門外漢お断り』と、厳しく高貴で、近寄りがたい。

「降りて、少し歩きましょうか」

ジェンナーロは、ピュウと指笛を鳴らした。すると、海側から一人、二十代の若い男性がすっと現れる。男はジェンナーロが放り投げた車の鍵を受け取り、「承知しました」と、強い下町のナポリ訛で応え、車に飛び乗りUターンさせ、あっという間に走り去ってしまった。私のスーツケースを載せたまま。

車が走り去っていったほうには、歌で有名なサンタ・ルチア地区がある。沖合での闇取引の司令部は、この一帯にあるという。いったんここへ逃げ込まれると、警察も手を焼く迷路や建物が入り組んだ一帯である。

ジェンナーロに付いて、高い敷居をまたぐ思いでその一帯へ入る。入り口から近いところにある、テラスを施したバールへ入った。テラスの席につくと、足下には海があるだけで驚く。店から突き出るようにして、テラスは海の真上に設置されているのだった。

夏の一日は、長い。すでに夕刻六時を回っているが、まだ太陽は高く日陰でないと目を開けていられない。

穏やかに年を重ねたという雰囲気の女性たち数人が、卓を囲んで紅茶を片手に歓談している。籐の椅子を海に向けて座り、パナマ帽を被った初老の男性は一人で本を読み、ときおりドライマティーニを飲んでいる。店内に、騒ぐような幼い子供はいない。奥のほうに十四、五の少女が、母親と祖母だろうか、よく似た二人といっしょに人待ち顔で座っている。私はその場の雰囲気に押されて、慌てて携帯電話の電源を切った。

格式のある場所らしいことはわかったが、過剰にめかし込んだ人はなく、皆、ごく普通の恰好でくつろいでいる。

さきほどテラスに入ったとき、一張羅に着替えておけばよかった、と後悔したが、着飾ったところで到底、太刀打ちできない世界があるのだ、とまもなく了解した。ときおり漏れ聞こえてくる客たちの雑談は、ごくたわいないものだった。同じナポリ訛なのに、下町で聞いた活力に溢れた調子とは違って、同じ卓の人の間でも敬語が崩れることがなく、暢気《のんき》で浮世離れした印象である。

萎縮している私を見て、ジェンナーロは、

「名門テニスクラブがこの近くにあって、その会員専用のサロンです。前世紀からのね」

空きが出るまで、新規会員は受け付けない。紹介なしには、入れない。この十数年、クラブに空きはなく、客は正規の常連で互いに熟知している。いまさら入り口で会員証の提示など野暮、とジェンナーロは笑った。

それにしても、そのような場所へわけなく入れるジェンナーロとは、いったい何者なのだろう。

それから一時間ほどかけて町を外から内から堪能し、車はようやく目的地へ着いた。モンテ・サント地区のちょうど上方に位置していて、最初にジェンナーロが車を停めたところから歩いて上ってくれば、あっという間の距離なのだった。

三十年前、私はここから大学へ通っていた。界隈にはいつも、ナポリ出身の人気テノールのレコードが大音量で流れていたものだ。朗々としたカンツォーネを聞きながら、あの曲がりくねった坂道を何度、往来しただろう。

当時、間借りをしていた先の知人が病気で余命幾ばくもない、と数日前に連絡を受けた。一刻も早く見舞いたいという焦りと、恩人の苦しむ様子は見たくないという気持ちが混ざって複雑だった。それで、無意識のうちに鉄道を選んだのかもしれなかった。いよいよ電車がナポリ駅に着いたとき、私の気持ちが沈んだのは、喧噪やゴミのせいばかりではなかった。

たまたま乗ったタクシーに騙されそうになったおかげで、思わぬ市内見物をした。ジェンナーロは、私を気楽な観光客と思っただろう。しかし私は寄り道をして、三十年前の自分のナポリと再会するのを少しでも遅らせたかったのである。

車から降りて荷物を運んでくれたジェンナーロは、

「そうでしたか、ライーノ夫人のお見舞いにいらしたのですね」

独り言のように呟いた。

ジェンナーロの祖父は、ライーノ家の厩舎番だったという。自家用の馬車を持つ華やかな一族に、叔父や両親も門番や庭師、家政婦として仕えていたので、ジェンナーロは物心ついた頃から、一日の大半をこのライーノ家で過ごした。

「小さかった僕を、子供のいなかったライーノさんは可愛がってくださり、あちこち連れて行ってもらったものです」

テニスクラブも、海岸沿いのレストランも。どうりでジェンナーロの言葉使いや振るまいに、えも言われぬ品格があるわけだった。

いよいよ病状が重くなり外出できなくなった夫人は、ある日ジェンナーロを呼んだ。

「界隈のバールへ寄ったら、私の代わりにときどき余計にお代を置いてきてもらえないかしら」

今日こうして偶然にジェンナーロと市内を回ったのも、夫人の私へのはからいだったのかもしれない。


翌朝、私はミラノに戻る前に最寄りのバールに入った。昔ここでライーノ夫人といっしょによくコーヒーを飲んだのを思い出す。当時、夫人はお気に入りのコーヒーカップを店に置いていて、

「まるでうちで飲む気分でしょう」

と、ご機嫌でコーヒーを楽しんでいたのを思い出す。

ふと、心づけのコーヒーはありますか、と聞いてみる。

「ありますよ、お待ちしておりました」

バールマンはそう言って微笑み、奥の棚から淡いピンクの花柄の、あのコーヒーカップを出してきた。そして、コーヒーカップの脇に真新しいマルボロライトを一箱、そうっと置いた。

「お二人からです」

私がポッジに住んだ訳

わずかな期間だったが、ポッジという村に住んだことがある。〈てっぺんの〉というような意味のその名のとおり、村は海のリグリアから山のピエモンテへの州境の、山の上にある。

その村までも、村からも、あるのは険しいカーブが連なる細い道だけで、近くまで来たからちょっと立ち寄ろうか、というような気易いところではない。用件があってわざわざ訪れるか、そのまま止まらず通り抜けるか。そういう村に住んでいた。

ならば僻地《へきち》かというと、そうでもない。

古代ローマ時代に遡《さかのぼ》って、海から上陸したさまざまな人や物資は、この道を経由して欧州全域へと広まっていった。オイルの道、塩の道、などいろいろ呼び方はあるようだが、端的に言えば、侵略の道、逃亡の道、金の生《な》る道であり、無数に繰り返された繁栄と滅亡の歴史を刻んできた道なのである。

さて、まるで関所越えのような場所にある、ポッジ村の人口は、そこそこ二百人というところか。蛇行する細い街道を挟むようにして、三階までがせいぜいの低い建物が、道の曲線に沿うように壁を曲げて並び立つ。ほとんどが中世以前に遡る、石を積み上げてできた古い建物である。

宿屋もなく、食堂もなく、先の目的地を目指す人々が通り抜けるだけの村。いつの時代にも、ただ貧しかったのだろう。歴史的に意味のある集落に違いないのに、どの建物を見てもこれという威厳と由緒に欠けている。ただ古いだけの建物が、朽ちる寸前の状態でそこにある。

一日に数本だけの、海から山へ登っていく路線バスは、狭い山道専用に十二人乗りとずいぶん小型なのだが、それでも通過するのに両脇の建物が迫って道幅が足りない地点があり、そこの建物の壁はバスの腹の幅に合わせて強引に削り取ってある。削られてしまった建物は、こともあろうに教会と道向かいの祈禱所である。下からうねり上がって来る道をそこで遮るように、来る者の行く手を阻むように、あるいは検問するように、道幅は突然狭まり、ちょうどそこに教会が建てられている。

教会の反対側の端は、絶壁である。

道を挟んで建つ祈禱所の反対側の端もまた、絶壁である。

つまり街道は山の尾根伝いに蛇行していて、後にも先にもその道を通らない限りは進退ままならない。そしてこの道こそ、サラセン人がイタリア半島へと攻め入った道でもあるのだった。

定期バスが通らない一日の大半の時間、がらんとした村で、通り抜けのために開けられたそのいびつな形を見ると、痛々しい。身を張って外敵を食い止めてきた教会の、威風堂々の歴史を蔑み無視するようである。ポッジ村の貧しさは実は、金銭だけのものではないらしい。

イタリアの町の特徴は、広場である。町の要所には広場があって、人が集まり情報や商いの流れができて、町は機能し発展する。ところがポッジには、広場がない。一つもない。道沿いの集落に住む人たちは、集まる場所を持たない。集まって話す必要のない暮らしというのは、私がそれまでに住んだイタリアにはない、未知のものだった。ただでさえ住人が少ないというのに、そのわずかな住人の間ですらかける言葉を出し惜しむような、冷えきった空気があった。貧すれば鈍する、とはこういうことを言うのだろうか。路地で正面から出会っても、無言で笑わない目を少し動かすだけですれ違っていく老いた隣人を見て、そう思うのだった。

リグリアにもピエモンテにも、魅力にあふれる町は多数あるというのに、なぜ私は、そんな貧相なポッジにあえて住むことになったのか。今思うに、それはやはり、あの教会に行く手を阻まれた、としか考えられないのである。

リグリアでイタリアはおしまい。フランスとの国境手前に、リグリア州最西端のヴェンティミリアという町がある。海沿いに少し、山中に少し、という地形。国境であること以外、これという取り柄のない町である。

あえて探せばただひとつ、週に一度、海沿いの道に立つ青空市場だろうか。数キロにわたって市が立つ。衣類から食材、生活雑貨のたいていが廉価で揃うため、国境を越えてフランスからも大勢の買い物客や見物人がやってくる。

春も終わろうかという頃、出先のフランス側からミラノへ帰る際、その評判の青空市場の立つ日にちょうど当たった。せっかくの機会なので、高速道路を途中で降りて寄ってみることにした。

市場を見て回り、両手にいっぱいの野菜やらタオルなどを下げて、そろそろ帰ろうと駐車場に向かって歩いていたところ、

「あの、お車でいらしたのでしょうか」

背後から女性に呼びかけられた。強いシチリア訛《なま》りだった。振り返ると、白い聖衣にヴェールをまとった、ふくよかな修道女がいた。六十過ぎくらいだろうか。

「急いでジェノヴァまで行かなければならないのですが、送っても

らえませんか」

　シスターはにっこり笑ってはいるものの、その声と様子には有無を言わせぬ押し出しの強さがあって、私は断るに断れないという気持ちになる。それにしても、こちらの行き先すら聞かずにいきなり、ジェノヴァまで送れ、とは。

　たしかに、ジェノヴァであろうがその先百五十キロほどのミラノであろうが、フランスとの国境から見ればどちらも〈イタリア方面〉には違いない。

　切羽詰まった様子のシスターにほだされて、もちろんお送りいたします、とつい私は返事をしていた。

「ああ、ありがとう。助かるわ」

大きな体を揺さぶりながら、シスターは天に向かって十字を切り小さく投げキッスしたあと、急いで私の頭上あたりにも十字を切り、まるで法王のするように祝福してくれた。そして、思いのほか軽快な身のこなしで助手席に乗り込んで、

「では、よろしくお願いします。さ、行きましょう」

元気よく言った。それは謝礼の挨拶というより、ほとんど指令に近いかけ声に聞こえた。

ジェノヴァのどちらまで、と尋ねると、「港まで」と言う。そしてすかさず続けて、

「あのね、もうちょっとスピード出ませんか。急ぐので」

すでに百キロ強だったが、了解して、アクセルを踏み込む。

「船が着くのでね、南米から。出迎えなのですよ」

新しいシスター仲間でもやってくるのだろうか。初対面であまり根掘り葉掘り聞くのも気が引けて、運転に集中して黙って頷いていると、シスターが黒いハンドバッグから大きく引き延ばした写真を出して見せる。

「ほら、この家族が来るのです。父母と子供四人。一番上の子が六歳で、末っ子は生まれたばかり。住まいが見つかるまで、ひとまず私が住んでいる村の教会で面倒を見るように、と修道会本部から連絡があって」

皆を村へ連れて帰りすぐに食事ができるようにと、今朝早くヴェンティミリアの市場まで、信者の車に乗せてもらって買い出しに来たのだという。

買い込んだ食料を村へ運びその足でジェノヴァまで迎えに行く予定だったのに、運悪くその車が市場に着いたとたんにエンストしてしまう。急な事態に、修理はもちろん、代わりの車も見つからない。迫る、船の到着時間。どうしよう。おや、親切な民族、といわれている東洋人がちょうど車に乗ろうとしているではないか。

「すみませんねえ。あなたにもご予定があったでしょうに。神のご加護あれ」

再び十字を切る。

この六人を出迎えた後、シスターは村まで皆を連れて帰らなければならないだろう。よかったら村までお送りしますよ、と言ってから、はっと気づく。親子六人とシスターで、七人。運転する私を入れて八人。この車は五人乗り。どうやって乗る。

ジェノヴァ港に着く。

この町には平地がほとんどない。海ぎりぎりまで斜面が迫り下りていて、その斜面を這い上るように建物が立錐の余地なく建っている。海辺独特の明るい日差しを受けて、薄い黄色や水色、緑やオレンジ色の建物はいっそう映えて、箱に詰まった色とりどりの砂糖菓子を見るようである。

コロンブスはジェノヴァの生まれだった。どういう気持ちで、この町から大海へと出ていったのだろう。

いろいろ想像していると、波止場に打ち寄せている汚れた海水も、深遠で重厚なものに見えてくる。

国境から海岸線をなぞるようにしてジェノヴァの港湾地区に入り、工場地帯を抜けて大型貨物船、客船が入港する地点まで走る。

世界初の銀行という建物が、広大な港のちょうど真ん中の位置に、正面に海を受け入れるようにして建っている。荷揚げされた異国の商品を前に、陸で待ち受けていたジェノヴァ商人たちが一斉に集まってきて、そこで取引をした。

海の向こうからは物資に限らず、大勢の異人たちも上陸した。長らくイタリア半島の、そして欧州の玄関だったジェノヴァ港。新旧が遭遇した地点である。

海運や造船業が下向きとなった今、かつての栄華には到底及ばないものの、それでもジェノヴァ港には厳かで気高い空気が流れている。しかし近寄りがたい傲慢さはない。港へ着くものはすべて拒まずに迎え入れてくれる寛大さと、出て行くものに対しては未練なく送り出す潔さに満ちている。これぞ堂々とした母なる港である。

「ぐるっとそこを回って、できるだけ船着き場の側まで寄ってもらえるかしら」

大航海時代に思いを馳せてうっとり運転していた私は、シスターの新たなる指示にはっと我に返り、言われた通りにハンドルを切る。一般車両の進入は、ずいぶん手前で禁止されているはずだがと思っていると、さっそく湾岸警備員が近づいて停車を命じられる。

「すみませんねえ。ペルーからの客人待ちで。あなたに神のご加護あれ」

窓を開けてシスターが叫んで十字を切ると、警備員たちは皆、気をつけ、の姿勢になって車を通してくれた。

南米からのその船は予定よりずいぶん遅れて、ジェノヴァに入港してきた。遠目にもはっきりとわかるほど、年季の入った船だった。客船と呼ぶにはほど遠く、あちこちペンキが剝げて錆も目立つその船は、かつてどこかの国では貨物船として運航していたに違いない。甲板には錆び止めの灰色のペンキがべったり塗られているだけで、ベンチらしいものも見えない。デッキにはさまざまな管やら空気孔があちこちから飛び出していて、気をつけないと歩くのも大変そうである。その船の隣を滑るように走っていく洒落た様子の豪華客船とは、嵩《かさ》だけが同じで、比べようもないのだった。

静かになったシスターのほうをふと見ると、口の中で静かにロザリオを唱えている。

「新天地へやって来る者に多くの幸あれ」

ミズスマシのように海上を走る水先案内のモーターボートに先導されて、その大型船は難儀しながら長い時間をかけてようやく入港した。途中、ボーッ、ボーッと鳴らした汽笛は老人のため息のようで、〈やっと着いた。あとはよろしく頼む〉と言っているように聞こえた。

次々と降りてくる大勢の船客の中に、写真の六人家族の姿が見えた。

シスターは大声で「こっちよ」と叫びながら、転がるようにして下船

口まで駆け寄って行き、家族全員を両手で豊かな胸元へ包み込むようにして抱き寄せて、

「ようこそイタリアへ」

と言った。

とたんに夫婦はくたびれはてた顔のまま、感極まったように泣き出した。その足下では、大小とりまぜた四人の子供たちが照れたようにもじもじしていたが、すぐにシスターのスカートにまとわりついてじゃれ合っている。

「これなら、なんとかなるわよ」

シスターは、ざっと幼い四人の子供たちを見回してから、私に向かって小声で言う。

「さ、行きましょう」

あの、全員で？

「もちろん」

運転するのは、私。助手席には、丸くて大きなシスター。後部座席に夫婦と隣に一番年上の女の子が並んで座る。そして後ろの三人の膝に、残りの妹・弟・弟の三人が抱かれて座る。それで、しめて八人。

私は何か言おうとしたが、シスターは躊躇しているこちらのことなど一切かまわず、後ろを振り返って、

「一時間ちょっとだから、辛抱してちょうだいね。さあ、出発進行」

笑って指令した、十字を切りながら。

港湾の例の警備員たちはこの一部始終を見ていたはずだが、私が車

にエンジンをかけたとたん、全員があらぬ方向を向いた。行ってくださいさっさと出発してください。誰も見ていませんから。黙礼する。

こうして私は七人を乗せて、ジェノヴァ港から逃げ出すように大急ぎで、でも慎重に走り出したのである。

再び来た道を戻る。

車内にはイタリア語やスペイン語が飛び交い、そのうち喧嘩して泣く子あり、シスターからあやされて笑う子あり、母親と歌い出す子あり。小学生の遠足のバスのようである。夫はイタリア人、妻はペルー人。妻は、まだ四十を過ぎたばかりというところか。夫より一回りは年下のように見える。

なぜこうして皆でイタリアにやって来たのか。

シスターは何も聞かない。夫婦も何も言わない。私も黙って運転する。

途中、高速の休憩所で大人はエスプレッソコーヒー、子供はアイスクリームを食べる。レジの女性は、私たち全員が一台の車から降りて来たのを見て、目を丸くしている。残りの道程を急がなくては。

高速を降りて山へ向かって曲がりくねる急な坂道をどんどん走っていくと、突然前方に大きな建物が現れた。

ああ、このままではぶつかる。

肝を潰して、私は急ブレーキを踏んだ。建物は、教会と祈禱所だった。よく見ると、その二つの建物の間には道が突き抜けている。車も十分に通れるように、両側の建物の下部が削ってあるのだった。

「さあ、着きましたよ」

シスターの言う教会は、この山道の上にまたがるようにして車を阻んだその建物だったのである。

「皆さん、ポッジへよくいらっしゃいました」


一家の荷物を車から降ろすのを手伝い、といってもトランクがたったの一つだったが、シスターの買い出しの食料品を運び入れたりするうちに、あたりはすっかり夕暮れとなった。これからまた運転してミラノまで戻るのかと思うと、どっと疲れを感じた。

「今晩は、どうぞ教会で泊まって行ってください。おいしいミネストローネを作りますよ」

そう言ってシスターは私の背中を大きな手でドンと叩いて、ウインクしてみせた。

教会で泊まる。ペルーの人たちといっしょに。どこの修道院も、料理はおいしいと聞いたことがある。

それではシスター、喜んで。

「そう。それなら悪いけど、皆のベッドの支度と、それが済んだら夕食の準備も手伝ってもらえるかしらね」

教会では翌朝早くにミサがある、ということで、その晩はひとまず祈禱所のほうで寝ることになった。

祈禱所は中に入ってみると外見より傷みがひどく、屋外から引いてきたむき出しの電線に裸電球が一個ぶら下がるだけの、なんとも寒々しい状態だった。

もう久しく、祈りにやって来る人などいないのだろう。外から舞い込んだ土埃が厚く溜まっていて、石畳の床の表面は見えない。それでもよほど疲れていたらしく、折りたたみ式のベッドを並べて、足りない分は寝袋を敷いて横になったかと思うと、ほどなく子供たちも夫婦も寝入ってしまった。

時折すきま風で床の土埃が舞い上がる、真っ暗な祈禱所で私も横になる。高い天井を見ながら、さきほどの食事中の話を思い出す。

シスターのミネストローネは、ざく切りにした数種の春の野菜をただ煮合わせただけの質素なものだったが、それぞれの旨味がよく出ていて、心底温まる逸品だった。

祖国を後にして長い船旅のすえ着いた先は、言葉の通じない異国である。しかも出迎えに来たのは、老いたシスターと日本人。ぐるぐる回り上って山奥まで連れてこられて、幼い子供たちはどれほどに心細かっただろう。飾り気のないスープは、何よりのもてなしだった。

シスターは、みるみる元気になって席を立ち走り回る子供を叱りつけながら、手際良く焼きたてのスポンジケーキをオーブンから取り出して、人数分に切り分け、小皿に盛って、皆に配り終える。

よいしょ、と再び自分の席に戻り座ってから、夫婦の顔をにっこりと見て、

「それで？」

と言った。

瘦せて目のくぼんだレンツォは、妻のブランカをちょっと見てから、ゆっくりと話し始めた。

「ここからさらに数十キロ内陸へ入ったところで、私は生まれ育ちました。家業を継いで左官屋を営み、妻と娘の三人で平凡ですが静かな生活を送っていました。ところがある夏、豪雨のあと土砂崩れで家が流されてしまって」

そこまで話してレンツォは遠くを見る目つきになり、再び黙り込んでしまった。

シスターはしばらく何も言わずに座っていたが、急に思い出したように、そうそうレモンリキュールがいい具合に漬かっている時分だったわね、と呟きながら台所のほうへ立っていった。

まばゆい黄色に輝くリキュールが入ったグラスを渡されて、はっと我に返ったレンツォに、さあ、とシスターは自らリキュールを飲み干して見せた。

「妻と娘をいっぺんに失いました。私はその日、朝から仕事で県外に出かけていていなかったのです」

自分だけが生き残ってしまった、という罪悪感に押し潰されて、レンツォは誰とも会わず仕事もせず食べず、ただ茫然としていた。心配した周囲の人たちが、彼を無理矢理ペルーへと送り出す算段をした。

現地でリトルイタリーができるほど、代々、大勢が移民している町があったからである。

レンツォは、ジェノヴァから船に乗った。もう二度と生きてイタリアに戻ることはあるまい、と思いながら遠ざかっていく山を見た。

同郷の者の口利きで、レンツォは炭坑で働き始めた。重労働だったが、ペルーはひどく貧しく、仕事があるだけでも幸運だった。体を張って自分をいじめるように働いているうちに、イタリアでの不幸や自分の半生すら遠い出来事となり、そのうち果たして現実にあったことなのかどうか、とまで思うほどになった。新しい土地に馴染み始めたころ、ブランカと炭坑の近くの食堂で出会う。

「一目惚れでした。お日様のようだ、と思った。鬱々とした気持ちに、文字通り暖かな陽が射し込んできて、久しぶりに人と話をする気になったのです」

結婚。四人の子が続々と誕生した。人足の仕事にも慣れて、貧しくもにぎやかな二度目の人生の始まりだ、と洋々としていた矢先に、炭坑が突然閉山してしまう。ペルーの経済はますます悪化するばかりで、幼子を抱えてレンツォ一家の先行きは暗澹《あんたん》たるものとなった。

「祖国へ帰ろうか、という気持ちになって」

イタリアに戻ること、それは抹消した辛い過去と再び対面するということでもあった。恐ろしかったが、他の国に家族を連れて行き再び一から始めるほど、もうレンツォは若くなかった。

気持ちの整理がつくと早かった。家を畳み、イタリア移民の帰国組に合流して、家族全員で船に乗った。

「今日、山を控えたジェノヴァ港を見たとたん、ああ生きて帰ってこられてよかった、と思いました。それまで一度も恋しいと思ったことなどなかったのに」

レンツォは、哀しいような嬉しいような半々の顔でそう言ってから、声なく震えながら泣いた。妻ブランカがレンツォの手を強く握ってからにっこりして、シスターにスペイン語で何か言って、大きな目でウインクしてみせた。

あーはっはっと、シスターはひとしきり笑ってから、私に訳してくれた。

「トマトだって旧大陸に着いたときは嫌われたらしいけれど、今ではイタリア料理で不動の位置に君臨している。私ら親子だって、きっとそのうちイタリアでなくてはならないものになるわよ、って言ったのよ。同じインカ産なんだから、ってね」

ジェノヴァから上陸したインカ産のブランカとその子たちといっしょに、これからレンツォの第三の人生が始まる。その最初の晩に、私は同席したのだった。

哀しいような、楽しいような。レンツォの表情どおりの話だった。それにしても、こんなうすら寒い村でうまくやっていけるのだろうか。

翌朝、幼い子たちの着替えや食事を手伝ってから、私はポッジを後にした。

「ミラノが厭になったら、いつでもいらっしゃいよ」

車に乗り込む私の背中をまたバンと叩いて、シスターはそう言った。

別にミラノで辛いことがあったわけではないけれど、それから半年も経たないうちに、私は荷物をまとめてポッジに来ていた。あれほどにさみしげな村を見たのはイタリアに住むようになって初めてであり、大雑把なようで繊細なシスターの魅力的な人柄は、日が経つにつれてますます強烈な印象となって頭から離れず、居ても立ってもいられなくなったからだった。引っ越しまでする必要はなかったのかもしれないが、実際に住んでみないとわからないことや知らないことがたくさんあるに違いない。

シスターは大歓迎してくれて、やはり教会の持ち物だという、シスターたちが寝泊まりしている建物と庭でつながっている、二間の家を貸してくれることになった。

「一三〇〇年代初めの頃のだと思うわ。ちょっと冷えるけど」

壁の厚さが八十センチもある建物だった。横割れする平たい盤岩を積み重ねて、その間に細かい石と土をはさみ込むように積み上げていくだけで、漆喰はない。この一帯に古代から伝わる独特の施工法なのだ、とシスターは説明した。遺跡の中で暮らすに等しく、冷えの問題など二の次である。

幼い子供たちの歓声が、シスターの背後から聞こえてくる。大勢いるようだ。

「ここで乳児園、保育園、幼稚園をしているのよ。ちょっと入って見て行ったらどう」

こちらが返事をする前に、もうシスターはドアを開けて奥へと私を引っ張って行く。

暗い玄関前の廊下のドアを開けると、向こうにはまぶしいほど日当りの良い広間があった。四十平米ほどだろうか。床は、やはり古い石のはめ込みになっている。数世紀を経て、石の角は摩耗し丸くツルッルに光っている。部屋の隅のほうに乳児用のベッドが三台並べて置いてあり、生まれたてのような赤ん坊が寝ている。

その前には、背丈が一メートルにも満たない幼子たちが、実にたくさんいた。十五人はいるだろうか。よく見ると、人種がばらばらである。

「フランス、ドイツ、ギリシャ、イギリス、オランダ、アメリカ、スペイン、ブラジル、韓国、アフリカ、ペルーにイタリア。先週、テレビが取材に来たの。全国でもこれだけ人種が揃っている幼稚園はここだけだって、ね」

ペルーの子。レンツォとブランカのところの四人の子供たちも、そこにいた。元気そうで、もうイタリア語を話している。

玄関のブザーが鳴って、いっせいに子供たちが入り口のほうへ走り出す。迎えの時間で、親たちが来るのだった。

「まあ」

大きな声がするのと同時に、私はブランカに抱きつかれていた。福々しい顔で、元気そうである。薄化粧もしていて、なかなかである。

ぜひお礼をしたいのでうちへ寄ってくれないか、と重ねて誘われて、子供たちに手を引かれて、レンツォとブランカの新居へ行くことになった。私がポッジに引っ越してくるきっかけとなった、ペルーの家族の新しい家へ。

村の外側の道はときおり車が通るので、内側の集落の間の細い道を行くことになった。

それは、不思議な光景だった。

まるでドブの中を歩くような、そういう路地が続いている。人が二人も並べばもう道幅いっぱい、というほどの小径は、道の中央に向かって道端から漏斗《じょうご》のように傾斜がついている。平坦でないため、気をつけないと足を捻りそうである。

「村には、地下を流れる下水道が整備されていないのです。雨水や生活排水は、まとまってこの路地を流れていくの」

ブランカがそう説明するうちにも、ざあっと白い泡の立った濁り水が足下を流れ通る。どこかの家で洗濯でもしているらしい。

「ここはほとんど雨が降らないのだけれど、いったん降り出したら、もう上から下から、あらゆる水が家じゅう、体じゅうに沁み込んでくるのよ」

そうだろう。しかも建物の壁は、たしかに重要遺跡かもしれないが、漆喰すら施されていないのである。壁を伝って雨水が、路地からは濁流が、好きなだけ家屋内に沁み入ることだろう。シスターがさきほど、ちょっと冷える、と言ったのは、湿気のことに違いなかった。

歩きづらい路地をしばらく行くと、村の外れに出た。そこに家族の新居はあった。

汗をかいたように、湿気が壁から伝い落ちる平屋には、窓から窓へロープが何本も渡してある。そこへありとあらゆる大きさの洗濯物が無数に、しかし行儀よく干してあった。すべて白い色だけ選んで洗い干してあり、ブランカの几帳面で家事好きな、家族思いの人柄がよくわかる洗濯風景だった。

「乾かないわね、何日干しても」

からりとそう言ってブランカは笑い、さあ、と家の中へ招き入れてくれた。

それにしても、いったいここはどこなのだろう。

居間に入ると正面には大画面のテレビがあり、天井からは立派なシャンデリアが下がっている。部屋の中央には、八人がけの大きなテーブルがあり、白いレース編みのテーブルクロスがかけてある。手編みに違いない。感心して触って見ていると、ブランカが得意そうに笑う。

食器棚がその背後に置いてある。磨き上げられたガラスの引き戸の向こうには、食器といっしょに額に入った家族の写真がところ狭しと置いてある。レンツォとブランカの結婚式。四人の子供の誕生から初聖体受礼式。誰かの誕生日。クリスマス。カーニバルの変装。復活祭。夏休み。ペルーの町。ペルーの親戚。ピンクとオレンジ色の南洋の花の造花があちこちに飾ってあり、よく見ると花の側には、聖母マリア像がある。十字架を背負うキリストも見える。

外の殺風景な寒村とは、温度差が三十度くらいありそうな、温かな家庭の凝縮がその家の中にはあった。

「さみしくてさみしくて、最初のうちは。村の誰かがジェノヴァに行く、と聞くと、荷台であろうが構わず乗せてもらって皆で港まで行き、南米からの船を待ったの。貨物船でも客船でも、軍用船でもなんでもいい。南米から船が着くと、降りてくる人を誰でも構わずここまで連れてきたのよ」

ブランカは立ち上がって、ぴかぴかに磨きあげたカセットデッキを持ってきてスイッチを押す。流れ出る、サルサの音楽。

「ペルー料理ふうのものを出して、食べて、飲んで、皆で朝まで踊るの。そのうち、仲良くなった船員たちがペルーから食材や雑誌を持ってきてくれるようになって。もうだいじょうぶ」

さあ、とブランカから渡されたのは、台所用の布巾である。

「こうやって」

右手を肩の上にして布巾の片方を持ち、布巾を背中側に回して、左脇腹あたりでもう片方を持て、と教えられる。

「背中を洗うつもりで、布巾を上下に動かしてみて」

なるほど、サルサの音楽に合わせて布巾を動かすと、チャチャチャ、チャチャチャ。サルサの身振りが完成しているのだった。

何事にも前向きでへこたれないブランカの子供である。異国の山奥に転校してきても、誰もくじけている様子はない。それでどう、学校は。一番上の女の子に尋ねてみる。

「登校一日目に、男の子が『やーい、お前、ウンチ色してるー』って言った」

ひどいねえ。悲しかったでしょう?

「だいじょうぶ。すぐに私も、『やーい、お前、ウンチをお尻から拭くトイレットペーパーの色してるー』って言い返したから。泣いてたよ」

六歳である。

四歳、二歳、零歳の弟妹はじっと、小さいが大きい姉のその話を下から見上げるようにして聞いている。ブランカは、よくやった、というふうにそのお姉さんの頭を丸い手で撫でる。

レンツォは、教会の口利きで便利屋のような仕事を始めたそうだ。ブランカは手先が器用なので、椅子の張り替えや洋服の裾直しなどを下請けしているのだ、と言った。

「でも、そのうちマッサージを始めようかと思っている」

それならせっかくだから、まずこの私にマッサージをお願いします。ほんとうにいいの、とブランカは目を輝かせ、

「じゃあ、ここに俯《うつぶ》せになって」

そう言うと、レースのテーブルクロスをさっと取った。

テーブルの上に横になり、低く流れるサルサの音楽を聞きながらブランカの治療を受けているうちに、私は眠り込んでしまったらしい。

それにしても、背中に触れるような、触れないような、見事なマッサ

ージである。疲れや鈍痛がすっかり消えていて、感心する。

「専門学校で少し勉強したけれど、ほとんどはペルーの内陸にいる老女からの直伝なの」

老女は、祈禱師のような人だったらしい。ブランカはその老女から、神通力があるから人のためになるように使いなさい、と言われたそうだ。人の背中に触れると、どこが悪いか、どこを押せばいいのかが即座にわかるのだという。

「ペルーには、白や黒、赤の魔術があってね」

白は良いことが起きるように、黒は相手を呪い、赤は恋愛が成就するような魔術なのだと説明した。

このブランカは、裁縫の下請けでは終わらないだろう。開業許可があろうがなかろうが、遠からずきっと、人が押し寄せる巫女《みこ》のような存在になるに違いない。異教徒の侵入を阻んだカトリック教会のたもとで、というのがやや気になるものの、人助けには違いないのである。閑散としたポッジ村という背景も、またそれにぴったりではないか。

ペルーの家族のたくましい暮らしぶりにすっかり感心した私は、いよいよ自分の家に入る。

ひんやりとして暗く、地下壕のような家だ。これなら冷蔵庫を買う必要もないかもしれない。鞄から衣類を出して、ベッドの上に置く。洋服ダンスの中に入れようとすると、わずか数分の間にもその衣服が濡れたように湿気を含んでいる。屋外は二十度を越す陽気だったが、この調子である。まもなくやってくる秋、冬に備えて、室内の湿気を取り除いておかなければ。

先ほどから、ドンドンと重いもので床を打つような音が階上からする。引っ越しの挨拶のついでに、階上の住人と音の正体の偵察に行くことにした。うまい除湿方法も教えてもらえるかもしれない。

七段ほどの石の階段を上がると、二階の家の玄関前に出た。まるで竪穴式住居のようで、日本からミラノ、ミラノからこの状況へ、よく引っ越してきたものだ、とあらためて不思議な巡り合わせを思う。

こんにちは、下に越して来た日本人です。

返事がない。足下から小石を拾って、それで玄関扉を強く打ちながら、再び呼ぶ。誰も出てこない。今までのあの大きな音は、では、誰だったのか。

諦めていったん家に戻り片付けを続けていると、玄関のブザーが鳴った。

出てみると、若い男性がいる。イタリア人ではなかった。

「上に住む、ハッサムと言います」

トルコ人である。

私が訪問したとき、家の中にはハッサムの母親と妹しかいなかったため、返事をしなかった、という。男性が側にいないとき、女性は他人に姿を見せてはならないし、もちろん口など利くのは御法度なのだという。

「イスラムの教えです」

ペルーの祈禱師のもとから戻ったかと思ったら、今度はイスラムの神か。

ハッサムは、ポッジに来てまだ数ヶ月なのだと言った。それでもイタリア語がなんとか話せて、礼儀正しい好青年のように見えた。

引っ越しの荷物の整理や今後の家の手入れなど、人手が必要なときはあなたに手伝いをお願いしていいか、と聞くと、

「喜んで」

と頷く。相手が外国人で異教徒なら女性でもこうして話していいのか、と重ねて聞くと、

「ここはポッジですので」

いいのだ、と悪戯っぽく笑って言った。二階の窓が少し開いて、隙

間からブルカで顔を覆った目だけの女性が、玄関口に立っている私にそっと会釈した。ハッサムの母親なのだろう。

大きな音の正体は、剝いだ羊の皮を叩いてなめす作業の音だと知った。どこからそんな皮を持ってくるのか、どこに羊がいるのか、家の中でそんなたいそうな仕事をするのか。聞けば聞くほど、ミラノでは想像も及ばぬ別世界の話ばかりである。内心、仰天する。ハッサムが当たり前のことのように話すところをみると、ポッジではふつうのことに違いない。

ふと気配を感じて上方を見ると、隣近所の建物の二階の窓がどこも少しずつ開いていて、そこから村の老人たちが立ち話をする私たちをじっと見ているのだった。

どうも、と上を見上げて挨拶する。

ぴしゃり、と次々に閉まる窓。


そもそもリグリアの海からトルコ人たちは上陸し、異国の地に攻め込んでいった。襲撃を未然に防ぐために、一帯の海岸線や海を臨む小高い丘の上には、トルコ人警戒のための塔が建てられた。

一帯の山村は、山の上にある。山の形そのままに、集落が張り付くようにして建っている。襲ってくるトルコ人から少しでも遠くへ、難しい地形へ、と住民は逃げ登ったのだった。

下から駆け上ってくる異教徒たちを、煮え湯や沸騰する油を頭上から浴びせかけて阻止した。どの村の道も狭く蛇行しているため、そこを通るトルコ人を頭上から狙うのは簡単だった。

そういう世紀を越えての敵であるトルコ人と、あの日本人は楽しげに話をしている。家事も頼んでいる。東洋人も敵かもしれない。気をつけなければ。

湿気の籠った村の老人たちはトルコ人より頑なで、それからしばらくの間、道で会っても誰もこちらの挨拶には応じてくれなかった。


音のないポッジの朝は、まだ暗がりに広がるパンの焼ける匂いで始まる。パン屋どころかバールすらない村なので、どこかの家の自家製である。それにしても、いったい誰がこんなに早くからパンを焼いているのだろうか。

今朝こそは匂いの元を確かめよう、と早起きして路地に出る。村ではほとんどの家が、薪を焚いて暖を取っている。まだ黒い空を見上げて、パンの香りと薪の煙の出所を追う。

パンの匂いの元は、なんと頭上のハッサムの家だった。

七段上がって、ドアを叩く。出て来たハッサムに挨拶もそこそこに匂いの真偽を尋ねると、ちょっと待て、と手で私を制して家の中へ戻り、両手にいっぱいの焼きたてのパンを抱えて玄関へ出てきた。

「毎朝、母が焼きます。よかったらどうぞ」

それはインドのナンのようでそうでなく、イタリアのフォカッチャとも違い、切なく甘く、しかしそこはかとなく塩味もして、ふっくらと柔らかいかと思うと、パリッとした表皮の香ばしさも味わえる、極上のパンだった。

ハッサムの母親とは、イスラムの教えのために、直接話ができない。美味すぎて飲み込むのが惜しいようなパンで朝食を終え、再びハッサムを呼ぶ。

これからは私にも毎日、パンを焼いていただきたい。買いたいのです。

ハッサムの母親へ伝言を頼む。そのとき窓が少し開いて、ブルカの奥の目が笑い、〈了解〉というふうに頭を動かした。

トルコ製の焼きたてパンを食べ、ときどきペルーの魔法の手にかかりに行く。シスターから呼ばれると幼稚園へ行き、ブランカやハッサムとも手分けして、買い物や炊事、子供の守などを手伝った。

ポッジでの新生活は、外界のイタリアの事情とはかけ離れていて、自分が何時代のどこにいるのか、すっかり忘れてしまうような毎日だった。

乳児の世話からポッジの教会のあれこれまで、老いたシスター一人で何もかも、なのである。たまに見かける他のシスターたちは高齢で、自分の身の回りとお祈りだけで精一杯、という様子だった。

「ほんとうに助かるわ。神のご加護あれ」

幼稚園は公には、乳幼児から六歳までを対象としていたが、実際には、赤ん坊から小学生や中学生まで、さまざまな年齢の子が常に大勢いた。往来するうちに、ポッジ村だけではなく近隣の村の子供たちまで、まとめて面倒を見ているのだと知った。

大半の親は、不便な内陸で農業を営んでいる。朝から晩まで働いて、子供の面倒を見る余裕はない。それでシスターは、朝ご飯から、場合によっては親たちの夕食まで用意する。小学校に上がった子供たちも、家に帰ってもどうせ誰もいないので、幼稚園にやってきてはおやつを食べ、食事をして、待ち時間に宿題を済ませ、幼い子たちの面倒を見て、シスターを手伝うのだった。

オランダやドイツ、その他さまざまな国から来た外国人の親たちの多くは、画家だったり音楽家だったりした。北欧の人にとって、イタリアは太陽の溢れる南国であり、また芸術家の魂を刺激する地なのである。たとえイタリア人ですら知らない過疎のポッジであっても、彼らにとっては楽天地イタリアであることに変わりはなかった。

あるいは、華やかなフィレンツェにはない、隠れ家めいた魅力を感じたのかもしれないし、檜舞台に立つには及ばない自称芸術家なのかもしれなかった。

理由はどうあれ、さまざまなところからこの村へは人が流れ込んでくるらしかった。路地が漏斗になって、水を集めてくるように。

ある日幼稚園に寄ると、四歳のドイツ人の女の子が泣いている。父は彫金師で、母は古書の修復家である。ハンブルクから移住してきて、村にそれぞれ工房を持っている。このフェデリカはポッジで生まれた。

「誰もおやつを交換してくれないの」

子供たちの一日のハイライトは、家から持ってきたおやつを交換するときである。

私の飴あげるから、あんたのビスケットちょうだい。このハムサンド一口で、そのリンゴケーキをひとかじりさせて。

フェデリカの今日のおやつは、ニンジンだった。ニンジン一本だけ入ったビニール袋を持って、しくしく泣くフェデリカ。

問うと、毎日、ニンジンなのだという。最初は優しい子たちが交換に応じてくれたが、さすがに連日ニンジンでは、もうおやつを交換してくれる子はいない。ドイツ人の両親は、堅実で厳しい菜食主義者なのだった。

「あの子の家、テレビもなくて、つまんない」

おやつのない子がもう一人いた。同じ四歳の男の子、エドである。エドには、おやつだけではなく、歯もない。エドはイタリア人だが、いつも部屋の隅に膝を抱えて座ったきり、誰とも話さない。ときどきニンジンで仲間外れになったフェデリカと一言二言ことばを交わす程度で、それ以外はじっと黙ってそこにいる。

ちょうどその日エドの母親から、忙しくて迎えに来られない、と連絡があり、私が家まで送っていくことになった。とっぷりと日が暮れていて、そろそろ夕食どきという時間になっていた。

エドはほかの同い年の子たちに比べて、ひどく体軀が小さかった。歯がないうえに痩せていて、さみしそうな目ばかりが目立つ子である。

母親は湿った路地に出て、私たちを待っていた。明日の昼ごはんをぜひうちで、と誘ってくれる。

翌日、エドがおやつに持てそうなチョコやジュースを手土産に、昼食をよばれに行った。エドの母親は、トレーニングパンツの上にこざっぱりとした白い木綿のブラウスを着て、迎えてくれる。

昨晩は暗がりでよくわからなかったが、その家は私があのときレンツォ一家と泊まった祈禱所の続きに建っていた。ほとんど崩れかけのような建物の端の空間は、内側から梁《はり》で補強されてあり、一間だけの住まいになっている。

窓がない家だった。あるのは、机と椅子二脚にベッドだけ。エドは幼稚園に行っていないので、母親と私は椅子に座って食事ができた。廃材を台にした食卓には、道端で摘んだという黄色の花をつけた野草が一輪、空き瓶にいけてある。

「これ、うちで採れたの」

出されたのは、バジリコの葉を潰してオリーブオイルと混ぜ合わせて作るペーストで和えたスパゲッティだった。

「松の実は高いので、海辺のバールでもらってきたピーナッツを入れてみたのだけれど、どうかしらね」

ペーストには要のチーズが入っていなかったが、摘みたてのバジリコの濃い香りが立ち上って、いい味わいだった。

「お金がないので、何でも自分で作るかその辺で摘んだり拾ってくる」

そう言って笑った母親の口元にも、歯はまばらにしかなかった。

「あなたがミラノから来たとシスターから聞いて、もう話がしたくて。私、ミラノっ子なのよ。エドもミラノで生まれたの」

ミラノの最近の様子をひとしきり話した後、

「ポッジには、自分で選んでやってきたのではない」

とぽつりと言った。

エドが生まれるとすぐ、それまでまじめで優しかった内縁の夫が豹変した。殴る蹴る。勤め先の工場も、一言の相談もなく辞めてしまう。ふて寝。煙草。深酒。トトカルチョ。そして、殴る蹴る。

そのうち深夜になると黙って出かけて、そのまま朝まで戻らないようになる。お金はそこそこあるようだったが、夫婦の会話はなくなり、いよいよやりくりに困って夫に生活費を乞うと、返事の代わりに拳固が返ってきた。

「歯は、そのときにほとんど無くしちゃって」

夫が深夜に始めた仕事は、麻薬の売買だった。下っ端の売人だったが、一斉捜査で逮捕され実刑が言い渡された。二歳にならないエドと母親は、暴力夫が刑務所から出てきても見つからないように、裁判所と市の福祉課が身柄を保護する手続きを取った。修道院も協力して、親子はポッジにひっそり連れてこられたのだった。

路地を歩いて帰る。

誰もいない。聞こえるのは、足下を流れる水の音だけである。

教会を越えたところで、日陰で何か動いた。目を凝らすと、エドだった。暗がりにしゃがみ込んで、野良猫を相手に遊んでいる。

「明るいところに行っては駄目、目立ってはならない、と言いつけてあるの。いつ夫に見つかるかもしれないから」

人の気配にエドは怯えた目でこちらを見て、私だと気がついて、母親からさっそく貰ったのだろう、土産の菓子袋を高く掲げて見せ、歯のない口を大きく開けて声を出さずに笑った。

〈ポッジへようこそ〉

そう書かれた村の入り口の案内板は、山の下から抜ける風に揺れていた。

船との別れ

昼を少し過ぎて、浜に人影はない。

空は薄い灰色で、唯一それだけが冬が終わったことを告げている。それでも、ときおり吹いてくる突風を正面からまともに受けると、身体の芯まで一気に冷えきるような寒さがまだ残っている。セストリの海岸線はゆるやかで、ぼんやり空へ溶け込むようにして一つになる。海面は穏やかで、波打ち際はまるで湖畔のようである。

遠浅のこの海岸で、初めて海を経験する幼子は多い。喰い初めならぬ、潮初めである。朝、生まれて間もない子が親に抱かれて散歩する光景には、居合わせたこちらも希望で胸がいっぱいになる。

母なる地中海。この海辺へ来ると、母親の胸に抱かれるような気持ちになるのは、なにも幼子ばかりではないだろう。

気持ちが沈むときには海へ行ってはならない、と言う。繰り返し打ち寄せる波に、沈んだ気持ちが負けてしまうかららしい。老いたり弱ったりすると、山や湖を選ぶ人が多い。

しかし、セストリの海は例外である。ミラノから各駅停車で行ける海がある。そして、そこにはいつも優しい母が待っている。そう思うだけで、たちまち傷んだ気持ちも和らぐのだった。

閑散とした海辺を一人で歩く。

さまざまなものが、打ち上げられている。侘しいながらも、どこか寂れた味わいがある。淡々と、枯れていっそう品格ある老人のようでもある。母親だったり老人だったり、海への印象はどうやらそのときの自分の調子によって変わるらしい。

今日セストリに来たのには、理由があった。

長らく音信の途絶えていた知人から、昨晩、突然に電話があった。

「海から引き上げられたままの船がある。木製の帆船だ。朽ちてしまう前に、ぜひ見に来ないか」

私が浜育ちであることをふと思い出したのだ、と言った。

「滅多に見かけることのない、古式帆船だから」

知人は、日本人の私にイタリアの古式帆船を見せる、という思いつきが気に入って興奮しているようだった。

「船主はわからないけれど、地元の船大工が作ったものに違いない。船型が、リグリアに古くからある貨物船と同じだからね。下腹がでっぷりとしていて、沖に出て帆を張ると、さぞかし立派だったろう」

でっぷりとした木造帆船、珍しい古式だと言われても、どうもピンと来ない。それに何年も前の夏に会って以来、ずっと音沙汰もなかったような人から突然に電話を受けて船の話をするなど、唐突で不思議な感じがした。

海から、〈おいで〉と呼ばれているのだろうか。そう考えると心がはやり、訪問を約束して電話を切って、今朝すぐ、電車に乗ったのである。

ビーチパラソルもなく海水浴客もいない浜は、端から端までよく見渡せた。

海辺に出たとたん、その船が目に入った。深い茶色の船体は、遠目にもかなり傷んでいるのがわかる。太い角材が数本、並べて置いてあり、船はその上に載っていた。船の重さで、角材はほとんど砂に沈んでいる。波打ち際からかなり離れたところに引き上げられてあり、海沿いの松林の木陰で船は疲れて横になっているように見えた。

遠くから見ると、丸みを帯びた船底はどことなくユーモラスで、まるで子供が描いた絵の中から出てきたような印象である。しかし近づくにつれ、その大きな船体は見上げるような高さでそびえ立ち、しかもかなり長いのだった。

たいした船である。全長十五、六メートルはあるだろう。船底に近いところに立つと上部は見えず、建物にすれば三階くらいの高さは優にあるだろう。

知人と落ち合う。

どうです驚いたでしょう、とまるで自分が船主のように得意気に言い、さっそく船を案内してくれることになった。

後ろに付いて歩きながら、そっと船腹に触れてみる。ざらりとした感触があって、手に潮が付いた。長らく浜で風雨にさらされて、木が潮をふいているのだ。

船体に沿って、船首から船尾のほうへと回って見る。一片一片はそれほど幅広でない木片が、無数につなぎ合わさって船体はできている。直に触れてみても片と片の繋ぎ目がわからないほど、丁寧に仕上がっている。一本の巨大な木をくりぬいて作ったかのように、船体は滑らかな曲線を描いている。

「去年も一昨年も、海には戻らなかった」

途中、立ち止まって知人は言い、

「陸にあがったままなんて、おい、気の毒だねえ」

船に向かって話しかけるように、呟いた。

陸に打ち上げられてしまった鯨のようで、腹の木を触るうちに、海水を汲んできてその体に掛けてやりたい衝動にかられる。

木の表面には、あちこちに細かなひび割れが入っている。

「木造船は、冬が来るといったん陸に引き上げる。夏じゅう海に浸かりっぱなしだった船体に、風を通してやるのです」

衣替えで着物を虫干しするのと似ている。

冬、海の近くの空き地には、引き上げられた木造船が並ぶ。船底についたフジツボを落とし、傷んだ木を削り落として新しく接ぎ木をし、木目を磨きあげ、防水用の塗料を塗り直す。

「乾燥すると、木に割れ目ができたり、船体の木片と木片の繋ぎ目が広がり過ぎてしまう。夏が来る前に手際良く済ませて、また海に戻すのです」

木造船は水を得ると、しばらくは船底から余計な水が入る。腕の良い船大工は、木が水と接して膨らむ具合を見越し、木片と木片の間にわざと微妙な隙間を残して打ち付ける。海に戻ると船は必要なだけの水を吸い上げて膨らみ、海と一体になってからようやく、きれいに浮上するのだという。

「夏と冬、海と陸の差をうまく読んで手入れを繰り返してやらないと、船はどんどん老いていくのです」

知人は〈傷む〉と言わずに、〈老ける〉と言った。

やあ、と彼が手を上げたほうを見ると、気難しそうな中年の男二人がいつの間にかそこに立っていた。私が会釈すると、にこりともせずに黙って顎をしゃくりあげるようにして、挨拶を返した。

「幼なじみです」

愛想の悪い二人は兄弟で、そろって腕のよい船大工なのだ、と知人は紹介した。一人は小柄で痩せていて、その弟はがっしりと肉厚で大柄だった。

「入ってみますか」

痩せた兄のほうが、私のほうを向かずに低い声でぼそりと尋ねた。返事を待たずに、弟が裏手にある作業所から梯子《はしご》を運んできた。それは今までに見たこともないような、長い梯子だった。年季の入った木材で出来ている。どこかの旧家から階段だけ外して持ってきたような、堅牢なものだった。

どうぞ、と弟は梯子を船腹に立て掛けたが、傾斜がなく垂直に立っている。斜めに立て掛けると、それほど長い梯子でも甲板への高さに足りないからだった。

ここを上るのか、とためらっている私を置いて、兄は梯子を軽やかに駆け上っていってしまう。知人は、「私はここから見るだけで十分」と尻込みをした。

「あんたはどうぞ、上ってみてくださいよ」

弟は仁王立ちで腕組みしながら、私に目で〈行け〉と促す。船を見にここまで来て、中を見ないまま引き下がるのはさすがに惜しく、覚悟を決めて階段に足をかけた。

「足下を見ないで、止まらず一気に、しかし慎重に」

甲板から兄が声をかけてくれるが、時折吹いてくる風に梯子ごと飛ばされはしないか、しくじって足を踏み外さないか、気が気でない。

さあ、と今度は下から熊が呻くような声で、弟に急かされる。大勢の人に踏まれて段は真ん中がすり減っているが、うまい具合に表面に滑り止めがしてあって、足を置くと下から階段が私の足を掴み返してくれるような踏み心地がした。

上で待っていた兄は骨と筋だけの手を差し伸べて、最後の一段から上、思いもかけぬ力で私を引っ張り上げるようにして、甲板へ迎え入れてくれた。

甲板に立つと、海の上でもないのに、足下がゆらりと動いたような気がした。下に残した弟と知人が小さく見えて、自分が巨人になったような気分である。船下や周辺の視界は消えて、目に入るのはただ海原と空だけである。

兄に勧められて、舵《かじ》に触れてみる。木製の、大きな舵だった。ニスが剝げ落ちて、中から乾いた木が見えているのが、生傷を見るようで痛々しい。

「今でこそだいぶんくたびれていますが、手を入れると地中海一の貴婦人ですよ」

船大工は初めて少し笑い、自分も優しい手つきで舵を撫でている。舵の前には速度計と羅針盤が付いていてその盤面に、〈一九三〇年ジェノヴァ〉と刻字が見えた。羅針盤の脇には鍵穴があり、そこに〈メルセデスベンツ〉と小さく彫ってある。二本柱の帆船だが、エンジンも搭載しているのである。

「往路はジェノヴァからワインやオリーブオイルを載せ、帰路はシチリアや北アフリカから塩やオレンジを積んで戻ってくる」

荷をたくさん積めるように腹がでっぷりと広いのだ、と笑い、

「中へ入ってみましょう」

と、船内へ降りることになった。

「船の階段を降りるときは、必ず後ろ向きで降りなさいよ」

これもまた傾斜のない階段を、言われたとおりに慎重に降りていくと、数段で甲板下の階に着いた。

薄暗く静かで、風当たりの強い甲板から入ると、船内は人肌のようなほどよい暖かさである。低い天井をところどころさするようにしな

がら、兄は前を歩く。床も壁も天井も硬くて濃い茶色の木でできていて、あちこちに傷みはあるものの丁寧にニスが塗られて、鈍い光を放っている。骨董家具のような船内に入ると、今度は自分が小さくなって船の体内を探検しているようである。乾いた潮と重油の匂いが混ざった船内には余分な装飾や調度品はなく、その無愛想ぶりが潔い。

兄大工が突然、床板の一枚を引き上げて、見てみろ、と言う。覗くと、丸い船底が奥までひと目で見渡せた。下のほうに黒くうごめくものが見え、ぎょっとして目を凝らすと、それは海水なのだった。タンクのようなものも見える。

「貯水用。腹に貯めた水が続く分、航海するのです」

入る水は、千リットル。航海中の水の采配は、船長の力量の見せ所でもある。

「こういう船は、本当に珍しいねえ」

惚れ惚れとため息をついて兄大工が次に見せるのは、トイレである。ユニットバスのようなものを想像していたら、そこには江戸時代のからくり玩具を連想するような、木製の空間があった。トイレは浴室も兼ねている。壁や床のあちこちが、必要に応じて出たり引っ込んだりするように工夫されている。

「海が長くなると、コップ一杯の水で洗浄不浄の始末ができないとね」

船内から出ると、目が開けられないほどの太陽だった。甲板に立つと再び、ゆらり、と揺れた気がした。

「どうだった、腹の中は」

下のほうで弟大工の声がした。私は、海に出てもいないのに、軽く船酔いしたような気分だった。

「また連絡するから」

駅まで送ってきてくれた海の男たち三人と、約束のような、社交辞令のような生半可な挨拶をして別れた。三人は揃って口数が少なく、かといってさしたる魂胆があってのことでもなく、自分たちが誇る名船を見せたい一心だったようである。私は船乗りでもないのに、と腑に落ちない気持ちのまま、ミラノ行きの電車に乗った。

電車に乗ってからもしばらくは、足の裏からゆっくり突き上るようなうねりを感じて、思わず立ち上がるほどだった。

売れたのだ、と言った。

「ミラノの人で、あの船を買ってセストリに引っ越して来るらしい」

知人から連絡があったのは、花が咲き始める頃だった。

「修繕を始める前に船を一度海へ戻すから、見に来てよ」

ゆらり、とあの感触が足下に蘇った。


人出の少ない平日に満ち潮を待って、船は海に入ると言う。

その日の満潮は、早朝だった。すでに浜には、兄弟船大工と屈強な若者が数人、揃っている。兄弟は相変わらずしかめっ面で、始発電車で着いた私を見ると、顎を少し上げて挨拶した。

舳先《へさき》は、すでに海に向いている。船の前には丸太が一定の間隔で、ちょうど線路の枕木のように、波打ち際まで並べてある。

兄が海のほうを見たまま、よし、と首を振ると、弟がおうと短く吠えるように声をあげ、それを合図に船の両脇に若者が散って、引き綱を両手でしっかりと持った。波打ち際まで牽引する機械の力を借りて、船は横倒れしないように、時間をかけて少しずつ引かれていく。若者たちは胸まで海に浸かりながら、厳粛な面持ちで綱を持ち続けている。それは船が海に戻るときの儀式のようなものなのだ、としばらく見ていて気がついた。いくら力自慢とはいえ、若者が何人集まったところで到底足りることではない。

舳先を見るといつ乗ったのか、十七、八の女性が沖合に向かって立っている。

「海へお礼、というかね、まあそういう意味合いだ」

眩しそうに目を細めて、知人は説明する。

よいさ、おらさ、と威勢のよいかけ声を受け、船は大きくひと揺れしてから、とうとう全身を海へ浸けた。たちまち沖合から二艘の小型船が、エンジンの音も逞しく船に近づいて来る。二艘は船の脇に着くや、甲板にいる若者数人が投げた綱を受け自分たちの小型船に縛り付けて、再びエンジン全開で沖合へ向かう。牽引船である。

もう一度ゆらりと一礼してから沖へ向かって悠々と動き始めた船の後ろ姿は、凛々しく荘厳だった。とてもただの木の塊とは見えず、大きな生き物が静かに海に戻っていく姿そのものである。兄弟船大工は、一言も発せずにその船尾を凝視している。しばらくして兄が弟に声をかけ、二人は別の船に飛び乗って、船の後を追った。いつの間にか、弟は潜水服姿である。

船はゆったりと波間に浮かび、しばらくぶりの風呂でも楽しんでいるように見えた。それほど沖合まで行かないうちに錨が投げ込まれて、碇泊する。船尾からほど近いところに自分たちも船を着けて、弟は海に飛び込んだ。

浜に並んで見ている弟子たちに、船大工たちは何をするのか、と尋ねると、

「虫食いがないか、調べるのですよ」

一人が熱心に沖を向いたまま、そんなことも知らないのか、とあき

れた声で教えてくれたが、私には船と虫食いがうまく結びつかず、わかったふりをして生返事をする。

弟は船の腹伝いにゆっくり一周しながら、潜っては上がりを繰り返し、そのたびに兄に何かビニール袋に入れて手渡している。その様子は、動物園のカバに小鳥が集ってはつかいばんで掃除してやるのに似ていた。あの大柄でぶっきらぼうな弟が、かいがいしく船の世話をしている光景は、やや滑稽ながらも穏やかで優しく、セストリの海とよく似合っている。

作業らしいものは、それくらいだった。

浜で気ままに見物していると、向こうの松林の下で小柄な男性が一人で、同じように兄弟の作業を見ているのに気がついた。ジャンパー姿に濃いサングラスで、腕組みをして動かない。懸命に見ている。海兵が着るような濃紺のジャンパーの下からちらりと見えたシャツは、幅広の横縞で、そのいかにも海ふうのなりから、けっして海の関係者でないのは明らかだった。都会から遊びに来た人が、早朝の散歩の途中に立ち止まって見物しているのだろう。

船が海に入ってから二時間ほど経ち、ひと通りの作業を終えた兄弟船大工は海岸へと引き上げてきた。船は、そのまま沖にある。

ビニール袋にはマジックで何か書いてあり、それぞれにごく小さな木片が入っている。兄は私の前を素通りして、片手を上げて誰かに挨拶をした。そのほうを見ると、あの縞シャツの男がいた。

「船主だよ、新しい、ね」

知人が小声で教えてくれる。

弟は、怒ったような顔をして何も言わずにビニール袋を持ち、海岸沿いにある仕事場のほうへさっさと歩き出している。兄大工は、ときどき沖合の船を見ながらその縞シャツと熱心に話し込んでいたが、しばらくして私に向かって、こちらへ来い、と手招きをした。

「年末で定年退職しまして、長年の夢だった船を手に入れました」

沖の船を自慢げに見ながら、ミラノの山の手の口調で男はそう言った。

専門学校を出てすぐに石油精製会社に勤め、長らく油田の開発に関わって各地を転々としたのだという。同じ海でも、色と匂いが違う。それだけ海上で過ごしていても、休暇はやはり海を選んだ四十年だった。

「私にとって海は、このセストリだけです。子供の頃から毎夏過ごして、ここへ戻るとほっとする」

窓の一つから海の端が見える小さなアパートを、長年借り続けてきた。週末になると車を飛ばして、セストリへ。夜着いて、黒く光る海を見ると、しみじみ気分が安らいだ。

「もう少しで定年、というある週末、窓の隅に船が見えた。数センチ四方の中に見えた船は、疲れ切っていた。『あれは、私じゃないか』。心に沁みるような感慨がありました」

急いで浜へ行き、近くにいた地元の人に船のことを尋ねた。船大工に聞くといい、と教えられて、仕事場へ行った。

兄大工は少し口元を緩めながら、黙って話を聞いている。

「海で仕事をしていたけれど、自分で船を持ったことも操縦したことともない。船は足場、というくらいにしか考えなかった。ところが、あの船は違いました。寝ても醒めても頭から離れなくなった」

船大工たちは、海の素人を相手にしなかった。毎週末、仕事場へ来ては、船のことを聞き出そうとするミラノ人を徹底的に無視した。それでも、船に惚れ込んだその人は諦めなかった。

「難しい船だからね、私ら浜の人間にも。素人には無理。ここまでくたびれていると、手直しも大変なんだ。一生働いて手にする退職金や年金をすべて吸い取られるよ、と言ったのですよ。手のかかる女のようなものだからね、木造船は」

兄大工の言い方は素っ気なかったが、「でも、たまらなくいい」という惚れ込みぶりが感じられるのだった。

「『借金を買うことになる』とこの親方から言われると、私のこれまでの仕事はこの船を世話してやるためのものだったのだ、とまで思うようになりまして」

購入。前の船主は他界していて、遺族は金のかかる遺産を残されて、ほとほと扱いに困り果てていたところだった。

〈ラ・チーチャ〉という船の名前は、南米の銘酒から取ったものだという人もいれば、ジェノヴァ方言で〈ぽっちゃり〉というような愛情のこもった、恋人に呼びかけることばだ、と説明してくれる人もいた。

「あのどっしりとした船腹を見ると、〈贅肉〉なのでしょうかね。贅肉は要らないものだけれど、あると柔らかくて温かい気持ちになるからね」

どうせ自分も、もう世の中には〈要らないもの〉なんですから、と男は少し笑った。

兄弟船大工は、地元が誇る帆船を他所者《よそもの》に持っていかれたのが癪だった。修繕を頼まれたが、口をきこうともしなかった。

ミラノ人は無視されても毎日、仕事場を訪れた。定年とともにミラノを引き払って、窓から海の切れ端が見える賃貸アパートへ越してくる、と言う。手入れが終わったら、免許を持たないので船をセストリの沖合へ碇泊させ、海に浮かぶ家として暮らすつもり、と言った。

「ミラノにはもう、私の居場所はありませんから」

どうせミラノの小金持ちの道楽、とはなから相手にしていなかった兄弟だったが、とうとう日参する男の気持ちにほだされて、そこまで言うのなら家のような船に仕立ててみようじゃないか、と請け負うことになった。

弟は仏頂面のままだが、今しがた潜って集めてきた船体の木片を丹念に仕分けている。

ミラノの船主がジャンパーを脱ぐと、縞シャツにはアイロンをあてた線がついている。船大工の仕事場へ来るのにアイロンのかかった縞シャツはいかにも場違いで野暮に見えたが、やがてそれは彼の船と大工たちへの敬意の表れなのだ、とわかった。

「船は、船主に似ると言われましたから」

兄が拡げた図面には、舵以外には何もない甲板と、入れ子の引き出しが付いた机のある船長室が見えた。それにトイレと小さな台所。船内には、それ以外の空間はないようだった。

「一人で乗る、って言うんでね」

虫はいない、という弟からの報告を受けて、兄は図面を巻き上げて、

「よし、行こう」

船の化粧直しの開始である。

それから私は、時間ができるとミラノから電車に乗ってセストリへ通った。

海だけではなく、船も待っている。船主ではないのに、船大工も知人もそして私も、あのとき進水の儀式を手伝った若者たちも皆、その船への思いは格別だった。たかが時代遅れの貨物船ではないか、と都会の友人たちは笑った。しかし長らく放っておかれた、海を熟知した船が、息を吹き返すその時に私は必ず立ち会いたかった。

「弱者を助けるときは、力を貸し過ぎないようにしないと」

兄大工はそう説明して、〈ラ・チーチャ〉にも手を入れ過ぎないようにするつもりだ、と言った。

「無理矢理、皺を伸ばして粉をはたいてみたところで、婆さんは婆さんに変わりないんでね」

弟が付け加える。

それでも行くたびに船は少しずつ元気を取り戻し、背筋が伸びて足腰がしっかりしてくるのが見てとれた。そしていつ行っても船腹の下に縞シャツの人は立っていて、下ろしたてのようなシャツやポロシャツをきちんと着て、黙って船の木目を見ているのだった。船は、この船主に似ていくのだろうか。

夏を目前に、そろそろ修繕も終わる頃か、と楽しみにしてミラノから電車に乗った。仕事場に着くと、珍しくその日は私のほかに来訪者がいない。作業しているのも、兄弟だけだった。二人は脚立に上って、船腹を塗装しているところだった。声をかけると、兄弟はちらりとこちらを見て挨拶し、脚立から降りてこない。幅広の刷毛《はけ》で、丹念に手塗りを重ねている。初めて船に会ったとき、潮だらけで木はささくれて傷みがひどかったが、今日の船はすみずみまで磨き上げられている。アフリカ製のマホガニーは、長年、海水を吸い込んでは吐き、強烈な日差しでからからに乾いては風雨にさらされ、少しのことでは驚かない堂々とした風格である。細部、たとえばすっかり古びてすり減った手すりや階段は、取り払って新品に入れ替えたらどうか、と勧める人もいたが、

「異なる時代のものが同居すると、新旧双方にそのうち無理が出るのでね」

と、兄弟は取り合わなかった。

ひと刷毛ごとに、二人は船に思いを塗り込めているように見える。

作業はまどろっこしいほどゆっくりで、それは丁寧に仕事をしているからというより、船との別れをなるだけ先へ延ばしているように見えた。

海には海の暗黙の決まりのようなものがあって、船体を塗装するには白や濃紺が一般的である。いくら船主が桃色や金色が好みだからといって、そのような色に塗装した船は見たことがない。この〈ラ・チーチャ〉は、濃い焦げ茶に深い緑という、あまり見かけない色合いになっている。湾の背後に見える、リグリアの山から大木が葉を繁らせたまま降りてきて、波間へ浮かんでいるようにも見えるのだった。

ほとんど甲板に近い高さまで塗装は進み、いよいよ来週あたりには船番号と名前を船体に塗り込める、と兄が事務的な口調で予定を教えてくれた。

「必ず見に来るように」

無口な弟が珍しく私の目をじっと見て、ほとんど命令するように付け加えた。

それで、いよいよ仕上げなのだ、と知る。

兄は刷毛を握ったままあちらの方角を向いてしまい、もう一言も話さない。


名入れの朝、いつもの顔ぶれが知人や家族連れで集まっていて、いよいよ待ちきれない様子の人あり、感慨無量で神妙な顔つきの人ありで、浜の空気は高揚している。

すっかり手入れの終わった船は、あちこち傷みや後遺症も残る老いた体だが、それなりに合うなかなかの身繕いを整えた老婦人のようである。過ぎて華美なところのない自然体で、その普通さがまたとりわけ優雅である。あるがままを受け入れて。老いた船が、そう言っているように見える。

こういうとき何を言えばいいのか。私は兄弟大工を前に、黙って一礼する。

うん、とだけ弟は頷き、兄はというと、目玉も動かさず何も言わない。ふと、肝心の人の姿が見えないことに気がついた。

船主がいない。

私はミラノを出るときから、晴れの日にあの船主はどういう恰好で現れるのだろうか、とあれこれ想像しては楽しみにしていた。パイプを口に船長帽など被ってやって来るだろうか。

ところが、そこに船主はいなかった。遅れているのか、と知人に聞いても、さあ、と曖昧にしか答えない。

「今日は、来ないよ」

黙っていた兄大工がこちらを見ないで、不機嫌にぼそりと言った。

そういえば弟も、普段に増して冴えない顔つきをしている。船を送り出すのがさみしいだけではないのかもしれない。仕上がりは上々だったし、船主は兄弟の仕事ぶりにずっと満足していたようなので、もめ事があったとは思えない。

やがて兄が合図して、弟は渋々、塗料の入った缶を持って脚立に上り始めた。見物する人たちの中には、急いでカメラを構えたり、うわあ、と言葉にならない声をあげ感嘆している人もある。

「よし始めろ」

兄のかけ声で、弟は大きく最初のひと刷毛を引いた。

私たちは、言葉を失った。

弟が塗ったのは、名前ではなかった。一本の太い、黒々とした横線だった。弟は、刷毛を持つ手を休めない。たっぷり黒い塗料を付けては、どんどん黒い線を甲板の縁から少し下がったあたりに真横に引いていく。それまで、撫でるように塗装していた手つきと違って、淡々としかしきっぱりと、力を込めて黒い線を引いていく。私たちは事情がよくわからず、船の塗装の仕上げの作業に違いない、と見上げている。

　隣に立っていた知人が小さく声をあげて挨拶をしたほうを見ると、六十過ぎぐらいの見慣れない女性が立っていた。女性の風よけの薄手のコートが揺れて、私は目を見張った。はだけたコートの下に、あの縞シャツが見えたからである。

　兄大工は、黙々と線を引き続ける弟をずっと見上げている。いつの間にか兄は真っ黒のサングラスをかけていて、ふと見るとそのサングラスの下から、つうと一筋、涙が流れている。

　いっしょに名入れ作業を見ていた、常連の老いた漁師もそれに気づいて、何も言わずに深くため息をついた。私は老漁師に、いったい何があったのです、と目で問うた。あれを見ろ、と脚立の上の弟のほうを顎でしゃくる。

「喪章なのです」

後ろで見ていた、あのときの若い衆の一人が、低く掠《かす》れた声で教えてくれた。


「定年退職してまもなくでした」

夫人は、縞シャツの裾を撫でるようにして話す。

「厳しく黒い海から海へ渡り歩く仕事を終えて、やっと家族の元に帰ってきた夫は、『もうミラノには住めない』と言いました」

海はこりごりだろう、と思っていたら、長年借りているセストリの家へ越したい、と言い出した。波も立たないような海、夏だけしか人が来ないようなところは勘弁してほしい、と子供たちはそれを機に独立した。

「セストリに来て、台所の窓から少しだけ見える静かな海を見て、夫は満足していました」

ある日、散歩に出たまま昼まで戻ってこないことがあった。理由を聞いても、惚《ほう》けたような顔をして、何も言わない。若い小悪魔にでも会ったのかしら、とからかうと、

「いや、相当な年増だがすばらしい品位だ」

と真剣に反論して、また押し黙ってしまった。まさかとは思ったが、それでも夫がそこまで興奮する理由がわからず、そのうち熱も冷めるだろうと気にしなかった。

「ところが、食事も手に付かないほどになってしまって」

夫人は、遠くを見るような顔のまま、静かに笑う。

あなた、一体どうなさったの。そんなに素敵な女性なの。

「ずっといっしょにいたいと思う。一度、お前にも紹介したい」

夫人は焦った。本気だったなんて。

その日のうちに、夫に連れられて相手に会いに行くことになった。

「ひと目見て、すぐにわかりました」

浜に横になったまま、船は夫人を待っていた。

夫は妻の手を引いて、船底をゆっくり触りながら舳先のほうへ歩き、一周して、どうだすばらしいと思わないか、とため息をつきながら呟いた。

翌日、夫妻はミラノへ戻り、銀行へ行き、定期預金を解約した。船を手に入れるために。そして、借りていた家を買い上げるための手付け金を払うために。

「夫は、扱いの難しい年上の愛人を前にして、自分でも御しようのない強い感情に動かされているようでした。本も映画も食事も、どうでもいい。すべてがもう上の空でした。大工がどうの、木片がこうのと言われても、都会で専業主婦をしてきた私にはちっともわからない」

海辺に暮らしても、あまり外には出ないのだろう。夫人は、細かく柔らかな皺の入った白い肌のままである。

船体に黒い線を引き終わった弟は、少し離れたところで道具を片付けている。兄は仕事場の外に一人立って、沖を見ている。

もうすぐ完成、進水、という段になったある朝、夫は台所の窓から海を見ながら、「もう行かない」

とぽつりと言った。

「驚きました。セストリの港湾警察からは、波打ち際からほど近い沖合に碇泊する許可も得ていて、出来上がったら船へ引っ越しする準備をしていたものですから」

夫は、あれこれ訊く妻を台所に残して寝室へ行き、持ってきた茶封筒を妻へ渡した。新しい生活を始める前にミラノで諸々の整理をしてくるから、と二週間ほど前に夫は一人で出かけていたので、そのときの雑務の一つなのだろう、と封筒を開けてみて、妻は言葉を失った。

几帳面な夫は、定年後も毎年の習慣通り健康診断を受けていた。

「食欲が落ちたのは、恋したせいだけではなかったな」

乾いた声で、夫は言った。重い病だった。

病気の進行は想像以上に早く、まもなく歩いて船大工のところまで行けなくなった。しばらくは台所にベッドを移して、窓からじいっと海の切れ端を見ていたが、やがてそれも無理になった。

「いよいよ名入れなのに」

間に合わないな、夫は小さく言った。

夫人から知らせを聞いて、兄弟は驚愕した。そんな。ついこの間まででここで嬉しそうに見ていたのに、名入れまで間に合わないなんて。

「兄貴、名入れの前に、船体には締めの線引きが残ってるぜ」

弟は、塗料の入った缶を見せた。鮮やかな黄色である。リグリアとシチリアを往来した船は、大地の茶色、深く豊かな緑、そして太陽光線の黄色で彩られている。その黄色の線を仕上げに塗り込む予定だった。

「作業の手を早めて、ご主人に見てもらえるように、名入れまで必ず仕上げます」

兄大工は、約束した。

夫人は病院と話をつけて、名入れの予定が立ったとき、夫を家へ連れて帰った。窓から船の作業場は見えない。海が一筋見えるだけである。夫には、もうその一筋も見ることができない。意識は戻らないだろう、と付き添って来た医師は言った。

名入れの直前に、兄は塗料を黄色から黒に変えた。弟には、経験がなかった。兄も、亡き祖父から伝え聞いただけの習わしだった。


行け。

弟は、満身の力と思いを込めて、黒い線を引く。

船主を亡くした船は、黒い喪章を腹に巻き、海へ出るのである。

初夏の朝、浜に集まった全員で、丸太の上を滑る船の綱を無言で引いた。船はあの日と同じように、静かに一礼してから海へ入って行った。

セストリの海は変わらず静かで、おかえり、と船と皆の気持ちを抱きかかえたように見えた。

あとがき

今度こそ春が来たらもう日本へ帰ろう、と思い、春が過ぎると、夏いっぱいはイタリアで過ごし秋から日本で暮らそうか、と先送りする。そうこうするうちに、また春夏秋冬。何年も経った。イタリアで生活するのは、私には難儀なことが多くて、毎年「これでおしまい」と固く心に決めるのに、翌年も相変わらずイタリアにいる。

とにかく、歩けば問題に当たるようなところである。三十余年前、希望と気力に満ちていた学生の頃は、理不尽なことに遭うたびに、これは肝試し、と奮い立ったものだった。問題をそれなりに乗り越えては、あたかもイタリアの首根っこを押さえたかのように得意になっていた。問題といってもそれはごくたわいないもので、例えば、同じことを尋ねても人によって言うことがまったく違う、だの、規則違反が凄まじい、コネなしに物事が進まない、という程度だったけれど。

イタリアで仕事をするようになり、問題はさらに多様化し、難度が高くなった。自営なので、身近に手本になるような先輩がいない。向こう三軒両隣を必死に観察しては、自分もイタリアふうを身につけよう、と懸命になった。若いうちはそれでも、皆が助けてくれるものである。問題が起きるたびに、イタリアで頼りになる知り合いが増えた。

難解なことに遭うのもそれほど悪くないのかも、と思うようになり、そのうち、次はいったいどんな問題が待ち構えているのだろうか、と楽しみになった。

対策を講じて、身構える。するとこちらの手の内を見透かしたかのように、イタリアは思いがけない新たな難題を用意してくる。昨日は成功した解決方法が、今日はもう効かない。イタリアから創意工夫を試されるような毎日となった。

問題の数だけ私は打ちのめされたが、起き上がってみるとその数と同じ分の得難い知人と経験が手元に残った。それらを引き出しにしまい、だんだん引き出しがいっぱいになり、数が増えていくのが嬉しかった。

気がついたら、春夏秋冬、まだイタリアにいる。

あるとき、船の上でしばらく生活することになった。「船との別れ」で縁の出来た、あの船である。陸上で次々に降り掛かってくる問題から、逃げ出したかったのかもしれない。海に出れば、また違った世界があるに違いない。試すのなら今、と船から誘われたように思い、家財道具をすべて始末して、着の身着のままコンピューターだけを抱えて、船に移住することになった。

陸でこれだけ大変なのである。海で暮らすにもさぞ込み入った規則があるに違いない、と浜で知り合った老いた船乗りに尋ねると、

「規則なんてないね」

と真顔で言い、

「問題が起きるのは、そもそも自分に力量がないからだ」

と付け加えた。大波小波は各人の器次第、ということらしかった。

板子一枚で海と隔てられた、不安定な暮らしは六年間におよんだ。

海であれ陸であれ、生活していれば問題があるのは当たり前で、難儀であればあるほど切磋琢磨のよい機会であり、解決したあとの楽しみはまた格別なのだ、ということが次第にわかるようになった。

身に付いた常識や習慣をいったん忘れて、イタリアという海原へ身を投げ出してみる。全身から力を抜くと、それまで荒れていた海はとたんに穏やかになる。浮くか泳ぐか、あとは各人の自由である。

対岸を目指して泳ぐばかりが、良策とは限らない。波間に浮かんでいるうちに、やがて見知らぬ浜に漂着するかもしれない。陸を探検してもいいし、そのまま浜で横になりしばらく休憩するのもまた一策である。

どの人にも、それぞれ苦労はある。自分の思うように、やりくりすればいい。

イタリアで暮らすうちに、常識や規則でひとくくりにできない、各人各様の生活術を見る。

行き詰まると、散歩に出かける。公営プールへ行く。中央駅のホームに座ってみる。書店へ行く。海へ行く。山に登る。市場を回る。行く先々で、隣り合う人の様子をそっと見る。じっと観る。ときどき、バールで漏れ聴こえる話をそれとなく聞く。たくさんの声や素振りはイタリアをかたどるモザイクである。生活便利帳を繰るようであり、秀逸な短編映画の数々を鑑賞するようでもある。

名も無い人たちの日常は、どこに紹介されることもない。無数のふつうの生活に、イタリアの真の魅力がある。飄々《ひょうひょう》と暮らす、ふつうのイタリアの人たちがいる。

引き出しの奥を覗いては、もっとコレクションを増やしたい、と思う。

二〇一一年一月　ミラノにて

内田洋子

解　説

松田哲夫

本書はイタリア在住三十年余というジャーナリストの書いたエッセイ集で、日本エッセイスト・クラブ賞と講談社エッセイ賞をダブル受賞した初めての作品である。エッセイと呼ばれるものは無数に書かれているが、有力な賞はこのふたつしかない。そして、その性格はかなり異なっている。講談社エッセイ賞は、どうやら文章の魅力に力点が置かれているようだ。それに比べて日本エッセイスト・クラブ賞は、趣旨に「文藝作品等創作を除く一切の評論、随筆」と書かれているように幅広い作品が対象になっている。これだけ個性の異なるふたつの賞に選ばれたことが、この作品のもつ広がりと奥行きを如実に示している。

副題に「イタリア10景」とあるが、イタリア各地が舞台になっているわけではなく、ミラノを中心に北部イタリアの話が多い。ミラノが三編、ミラノ近郊（ピアチェンツァ）が一編、フランス国境に近いリグリア（インペリア、ポッジ）が三編、ジェノヴァ近郊（セストリ）が一編、ナポリが一編、そしてシチリア島カルレンティーニが一編である。

各編の舞台はほとんど北部イタリアなのだが、そこに登場してくる人間は南部イタリア出身者も多く、筆者も含めて異国人もいる。例えばミラノには、地方とりわけ南部出身者が多く、冒頭の「黒いミラノ」に出てくる警官たちもシチリア出身のようだ。また、表題作の主人公ジーノはイタリア半島最南端のカラブリア出身だし、ポッジの肝っ玉母さんのような修道女には強いシチリア訛がある。そういう多彩な過去をもった人びとが、それぞれの土地に根ざしながら生きている。そこに、恋や友情や家族のドラマが花開くのだ。

収められた一編一編が、キレのいい文章でスケッチのように描かれている。でも、どの一編も淡々とした語り口に従って読み進むと、あっと驚く展開が待ち構えている。まるで、珠玉の短篇小説を読んでいるようでもあり、映画の一場面を見ているようでもある。とはいえ、ここに収められた各編はノンフィクションでありエッセイなのだ。だから、人びとの温もりや息遣いなどが活き活きと伝わってくるのに、物語として熟成している。まさに極上のワインのような味わいなのである。

成熟しながら若々しい、このたぐいまれな文章はどのようにして生まれたのだろうか。それはまず、組織などに縛られないフリーのジャーナリストであるというスタンスからきているのではないか。内田さんは、好奇心のおもむくままに、未知の世界に飛び込んでいく。そのフットワークの自在さは貴重である。その上、彼女の視点が常に生活者の日常生活に置かれていることも大きいだろう。

「バールへ寄り、個人商店へ買い物に行く。店主や同席する他の客と雑談していて、界隈の噂や耳寄りの情報に出くわすこともある。市場への買い物だからと、気は抜けない。玉手箱を開けるような気分で出かける。」

生活者の視点ですくい上げられた情報や人物を追いかけていくからこそ、思いがけない出来事やドラマに遭遇することができるのだろう。

より具体的に見ていこう。内田さんのエッセイストとしての観察力と表現力が遺憾なく発揮されているのは、例えば「衣」に関する描写である。いろんな人物が登場するとき、内田さんは、瞬時に髪の毛から靴までチェックし、その風体をさりげなく描く。さすがファッションの国イタリアで鍛えられた観察力というべきかもしれない。まず、女性のファッションから見ていこう。ミラノの婦警さんの普段着は……。

「背中に届くほど長い金髪……やや古めかしいデザインながら、小豆色のスカートに同系色のとっくりセーター」

ナポリ行きの列車で一緒になった六十半ばの女性は……。

「ミラノ市内ではもうどこを探しても見つからないような古びた柄の綿のワンピースに、真冬に着るような厚ぼったいウールのセーターを肩にかけている。」

五十八歳のコピーライターで、週末にタンゴを踊りに行くヴェルディアーナは、まず、こういうスタイルで車を走らせる。

「明るく栗色に染めた短髪を引き立てるように、今日は真っ赤なサブリナパンツに体にぴったりはりつくような黒のTシャツ……〈I❤

TANGO〉とラメ入りの糸で胸元いっぱいに刺繍が施されており、まぶしい。」

会場に着くと、いつの間にか衣装替えしている。

「たっぷりとギャザーの入ったたくるぶしまでのスカートが、ふわり、と円形に開いて、花のようである。紫色と黄色の縞模様だ。短髪からくるりと出た耳には、深い緑色の大ぶりのイヤリングが揺れている。」

これが、「紫色と黄色のスカートが、何回、胸元まで舞い上がっただろう」という激しい踊りの場面へと繋がっていくのだ。

一方、男性のファッションになると、短い表現でその人間の生き方や人生をも垣間見せてくれる。例えば、ナポリのバールマンは「糊のしっかり利いた真っ白な制服」を着ているし、ミラノのバールの店主は「十年一日の如く、何ということのないシャツに何ということのないジーンズ姿」で客をさばき続ける。彼らの姿が目の当たりに浮かんでくるようだ。それにしても「何ということのない」という表現は絶妙だ。

さらに、ミラノの暗黒街で出会ったダフ屋は……。

「ブランドだが、履き古しふうのジーンズ。高級靴だが、スニーカー。ジャケットはなし。濃い紫色の太い縦縞の綿シャツを三つ目のボタンまで外し、盛大に開いた胸元からは金の太いチェーンネックレスと極彩色の入れ墨が見え、コロンの強い香りがする。手首には揃いの金のブレスレットに、分厚く文字盤の大きな潜水用の時計をしている。」

「俺はワルだ」と全身で表現しているようだ。それにしても、恐る恐る見たわりには、細部までしっかり見ている。さすがは内田さんである。

セストリの浜に引き上げられた木製の帆船を買った船主のたたずまいは……。

「ジャンパー姿に濃いサングラス……海兵が着るような濃紺のジャンパーの下からちらりと見えたシャツは、幅広の横縞」「ジャンパーを脱ぐと、縞シャツにはアイロンをあてた線がついている。」

このシャツは「場違い」に見えたが、実は「船と大工たちへの敬意の表れ」なのだということがわかってくる。このあたり、なかなか芸が細かい。

「衣」に関わる表現の豊かさの例を挙げてみたが、内田さんのエッセイの魅力はそれだけに留まるものではない。言うまでもなく、「食」に関する描写は多彩で味わい深い。さらに、住まいや建物、植物や風景、海や空などについても、新鮮な表現が要所要所にちりばめられている。こういう豊かな言葉で組み立てられているからこそ、市井に生きる人びとの演じるドラマがとりわけ輝いて見えるのだろう。そして、隣人・友人の物語、家族の絆の物語、恋物語など、美味しい料理のようなエッセイをもっともっと読みたくなる。そうそう、本書では控え目な「私」のことも、これからは、もう少し書いてほしいと思う。

（編集者・書評家）

本書は、株式会社文藝春秋のご厚意により、文春文庫『ジーノの家』を底本としました。但し、頁数の都合により、上巻・下巻の二分冊といたしました。

著者紹介

内田洋子（うちだ・ようこ）

1959年兵庫県神戸市生まれ。東京外国語大学イタリア語学科卒。通信社ウーノアソシエイツ代表。欧州と日本間でマスメディア向け情報を配信。著書に『ミラノの太陽、シチリアの月』（小学館）、『イタリアの引き出し』（阪急コミュニケーションズ）、『カテリーナの旅支度』『イタリアのしっぽ』（集英社）、翻訳書に『パパの電話を待ちながら』（ジャンニ・ロダーリ著、講談社）などがある。2011年、本作で日本エッセイスト・クラブ賞、講談社エッセイ賞を同時受賞する。

ジーノの家—イタリア10景—　下

（大活字本シリーズ）

2021年11月20日発行（限定部数700部）

底　本　文春文庫『ジーノの家』

定　価　（本体2,800円＋税）

著　者　内田　洋子

発行者　並木　則康

発行所　社会福祉法人　埼玉福祉会

埼玉県新座市堀ノ内3—7—31　〒352—0023

電話　048—481—2181

振替　00160—3—24404

印刷製本所　社会福祉法人　埼玉福祉会　印刷事業部

ISBN 978-4-86596-486-8